古典詩歌研究彙刊

第二一輯

龔鵬程 主編

第 8 冊

王令詩歌研究

林 于 迪 著

國家圖書館出版品預行編目資料

王令詩歌研究／林于迪 著 — 初版 — 新北市：花木蘭文化出版社，2017〔民 106〕
目 2+128 面；17×24 公分
（古典詩歌研究彙刊 第二一輯；第 8 冊）
ISBN 978-986-404-869-4（精裝）
1.（宋）王令 2. 宋詩 3. 詩評
820.91   106000430

ISBN-978-986-404-869-4

9 789864 048694

古典詩歌研究彙刊
第二一輯　第八冊   ISBN：978-986-404-869-4

王令詩歌研究

作　　者　林于迪
主　　編　龔鵬程
總 編 輯　杜潔祥
副總編輯　楊嘉樂
編　　輯　許郁翎、王筑　美術編輯　陳逸婷
出　　版　花木蘭文化出版社
社　　長　高小娟
聯絡地址　235 新北市中和區中安街七二號十三樓
　　　　　電話：02-2923-1455／傳眞：02-2923-1452
網　　址　http://www.huamulan.tw 信箱 hml 810518@gmail.com
印　　刷　普羅文化出版廣告事業
初　　版　2017 年 3 月
全書字數　89363 字
定　　價　第二一輯共 22 冊（精裝）新台幣 33,000 元

王令詩歌研究

林于迪 著

作者簡介

　　林于迪，臺灣省臺南市人，出生於 1982 年的 1 月，是個標準的水瓶座性格。因為雙親是工人，生長在鄉下，因此雖然腦袋天馬行空，但是行為舉止務實，年少已老成，從小到大自知本身無特立卓越之處，因此藉讀書尋求未來。

　　而就學經歷從國小到高中都在新化區，自嘲新化如果有大學，一定一輩子都待在新化這個家鄉。不過，新化沒有大學，因此努力考取高雄師範大學甚至到研究所，雖然早早接受蘇珊玉教授的教誨，但是卻在十四年後才真正在蘇教授的大力指導下完成學位。

提　　要

　　王令（1032 ～ 1059 年），揚州人，自幼而孤但卻奮發自立，雖然在文學史上默默無名，但其人格孤高有節操、其詩歌有強烈的個人風格。其詩文由外孫吳說集成《廣陵先生文集》，近年來，相關研究有日趨蓬勃之勢。

　　就目前可見之研究成果而言，研究王令詩歌多偏重於詩歌分類、創作藝術、交友狀況，對於王令與王安石之關係顯少討論，對於其貢獻更是點狀略敘，實為可惜。經研究後，發現王令十年內創作四百五十八首詩歌，其高創作能量並非都是浮濫之作，其文采受到王安石肯定，王安石不但為他促成婚事，更在死後寫了四首哀悼詩，於朋友間書信往來也屢次惋惜這樣一位高材早逝。

　　本論文共分五章：第一章〈緒論〉，說明本論文之研究動機、目的、範圍、研究限制與方法。第二章〈王令及其詩歌藝術內涵〉，探討王令的生平、詩歌的題材內容、修辭技巧與創作特色，參酌前人研究後加入己見。第三章〈以詩言志的精神〉，從現實的衝擊改變、個人主義表現、王令精神的漸變──從靈魂三變探析來寫王令詩歌中的思想精神。第四章〈王令詩歌的評價與省思〉，從對前人的繼承、與王安石的交流、文學史上的影響來寫王令詩歌的貢獻與價值。第五章〈結論〉，由文辭方面肯定王令的個人特色，以儒家定位其人生意義，最後以詩明志、以道為依歸，說明王令詩歌情感的真切與熱烈為其生命本質所散發的人格特質。

目
次

第一章 緒 論

第一節 研究動機

上研究所時，由於生命教育相關課程而開始接觸王令的詩歌，在四百多首的作品中使用高達九十二字的「死」字，自許爲儒生，卻與孔子「未知生焉知死」〔註1〕的精神相悖，引起了筆者極大的興趣；仔細研讀其詩歌，發現他的詩風格獨特、浪漫不羈又雄健豪邁。除此之外，王安石被歐陽脩讚譽是「老去自憐心尙在，後來誰與子爭先」〔註2〕，而王安石贊王令「足下之材，浩乎沛然，非某之所能及」，可見王令的詩歌有可觀之處，進而想要開始研究他的詩與常見的宋代有名詩人如歐陽脩、蘇軾、王安石等人有何異同，遂有此研究。

宋初，歐陽脩、蘇舜卿、梅堯臣等人爲跳脫西崑體的浮靡文風，紛紛以韓愈、白居易爲學習對象，嚴羽在《滄浪詩話‧詩辨》曾指出：

> 國初之詩尙沿襲唐人：王黃州學白樂天……歐陽公學韓退之古詩，梅聖俞學唐人平澹處。至東坡山谷始自出己意以爲詩，唐人之風變矣。〔註3〕。

〔註1〕 〔宋〕朱熹：《四書集注》（臺北，世界書局，1963年），頁125。

〔註2〕 〔宋〕歐陽脩：〈贈王介甫〉《歐陽脩全集‧居士外傳》（北京：中國書店，1994年），頁395。

〔註3〕 〔宋〕嚴羽：〈詩辯〉，《滄浪詩話》（台北：金楓，1986年），頁34。

古文運動引領一波模仿唐人的熱潮，王令是學唐人而能發展出自己風格的詩人之一，正如《四庫提要》所言：「大率以韓愈爲宗，而出入於盧仝、李賀、孟郊之間。」〔註4〕雖然崇拜韓愈、盧仝、李賀、孟郊，但卻能另闢蹊徑，他的想像力豐富、用詞豪邁奔放、立意新穎、情感眞切，創造「才思奇軼，所爲詩磅礡奧衍」（〈同前註〉）的獨特風格進而崛起於宋代詩壇，「王安石於人少許可而最重令，同時勝流如劉敞等並推服之」（〈同前註〉），但可惜的是未能成爲一大家。

宋代詩人如歐陽脩、王安石、曾鞏、蘇洵、蘇軾、蘇轍等人，都是在他同一時空下赫赫有名的人物，這位二十八歲就殞落的詩人在大部分文學史中沒有受到注目，有的僅以少數幾行介紹，如劉大杰的《中國文學發展史》提到「他的詩文中頗多不滿現實，寄託抱負之作，風格則雄健瑰奇，富於浪漫主義的色彩」〔註5〕，袁行霈給予較多篇幅肯定：

> 王安石非常器重的王令（1032～1059），才高命蹇，未及施展抱負及不幸早逝，但他在詩歌創作上已經取得了一定的成就。王令詩以抨擊時弊、抒發自己的遠大抱負爲主要內容，風格雄偉奔放，語言奇崛有力充滿著浪漫色彩的長篇五古〈夢蝗〉巧妙地藉蝗蟲的申辯揭露了人間種種不平等現象，痛斥貪官汙吏等寄生蟲對人民造成的烈於蝗害的災害，構思奇特，筆鋒犀利，是一篇傑出的寓言詩。王令的抒情詩也具有開闊雄大的意境，如〈暑旱苦熱〉：清風無力屠得熱，落日著翅飛上山。人固已懼江海竭，天豈不惜河漢乾？崑崙之高有積雪，蓬萊之雪常遺寒。不能手提天下往，何忍身去遊其間！豐富的想像力和雄偉的氣魄都是宋詩中罕見的。但是此詩句粗豪生硬，意蘊發露無餘，也正是宋詩缺點的典型表現。〔註6〕

〔註4〕 〔清〕紀昀等撰，四庫全書出版工作委員會編：《文津閣四庫全書提要匯編》（北京：商務印書館出版，2006年），頁172。

〔註5〕 劉大杰：《中國文學發展史》（上海：復旦大學，2006年），頁216。

〔註6〕 袁行霈主編：《中國文學史下冊》（台北：五南，2011年二版），頁

也有介紹宋代詩話也往往將其一筆帶過，或許正如後來四庫提要所說「得年不永，未能鍛鍊以老其材」（〈同前註〉）。王令既然身處宋代，而宋詩終非一二人可成，其詩歌確有其價值與貢獻。根據陳植鍔的〈宋詩分期及其標準〉來看，王令處於復古期的階段〔註7〕，之後便邁入創新期，其詩歌一方面追求唐人風格，另一方面又添加個人色彩。在宋代詩歌史上王令雖沒有像黃庭堅開創江西詩派、王安石開創臨川學般擁有明顯成就，但是他實際上是進入創新期的先鋒之一，他的作品就像是宋代詩歌演進的化石，見證了歷程。因此本研究是藉由研究王令詩歌，從中闡述其特色、價值，進一步討論其傳承與影響，最後希冀對宋朝詩歌的研究能有一些貢獻。

第二節　文獻探討

對於王令詩歌的研究，現今已經有許多的專門論作出現，而較早的王令詩歌研究根據楊良玉的研究註解，可知道是吳汝煜的期刊論文，但是楊良玉未能得到以資參考，然而拜民主進步與交通便捷之賜，得以遂願，本論文將收入參考。就地區而言，大多是大陸地區的文章，僅楊良玉《王令詩研究》是臺灣地區出版品，而且該論文是研究王令詩歌最早的學位論文；以內容形式來看，以單篇論文數量最多，以下就依內容形式來作為分類，將各論著略述。

一、學位論文

《王令詩研究》〔註8〕為楊良玉於民國七十八年完成，內容對於

48。

〔註7〕　陳植鍔的觀點分期原則是「依自身演變的過程，劃分為若干不同時期而加以比較深入的研究。採用陳的觀點是因為王令的生卒（1032～1059）恰巧落於陳的復古期（1031～1060），一方面沒有過渡時期的爭議，另一方面根據分期的演變可以支持王令詩歌承先啟後的重要性。

〔註8〕　楊良玉：《王令詩研究》（臺北：東吳大學文學院碩士論文，1989

內容與題材、技巧表現、體製及風格詳加分析，最後由詩歌傳統與宋初詩壇兩方面探討王令詩歌的承襲與創新，藉此來凸顯文學價值。楊玉良已將王令的詩歌作了基本的詮釋，唯近年來探討的方向與手法較新穎，加上此研究在闡述完論點後多將詩句條列呈現，無法以活用詩歌來論證，但該研究價值不斐，既開創王令詩歌研究學位論文的濫觴，也全面深入呈現王令詩歌研究的各個架構，本論文在其基礎上進一步探討，使之更爲完整。

裘曉東的《王令生平及其詩文研究》〔註9〕是針對詩的方面由創作評述與藝術特色來綜述評論。創作評述分爲「抨擊時政、關心民生」、「貧困煢獨、壯志難酬」、「歸隱之情、山水之趣」，藝術特色是由「詩學唐人」、「詩風奇險」兩方面來討論。基本上，本論文已將王令的詩歌藝術特色表達出來，但如果要深入探討王令詩歌中的思想意涵與表達旨趣略顯不足；另外，由散文來歸納其思想內涵則可以補足詩歌的微言大義。談論詩歌的藝術特色是本論文的參考之一，因此會將二者刪改爲對孟韓詩歌的模仿來凸顯王令詩歌的繼承，與由李白詩風的高度相似呼應其浪漫情懷。

《北宋青年文人王令研究》〔註10〕中，貝金鑄將其詩歌與散文概論性的書寫，詩歌從「詩歌題材與內容」、「詩歌藝術的淵源與特色」解析，散文則分類成哲理散文、政論文、歷史類散文、墓誌以及其他記敘文這四方面來探討，最後將王令對新變派的影響來爲其文學地位定位。其推論完整，本論文將採用其結果以資佐證，但是新變派的分類還有爭議，加上王令未曾表明立場加入任何派別，故研究重點將對唐人韓愈、孟郊、李白等人詩歌的繼承關係與宋詩特色來討論。

劉瀟的《王令思想研究》中提到「王令毅然拒絕隨波逐流，一面

　　年）。

〔註9〕　裘曉東：《王令生平及其詩文研究》（四川：四川大學文學與新聞學院碩士論文，2007年）。

〔註10〕　貝金鑄：《北宋青年文人王令研究》（南京：南京師範大學文學院碩士論文，2007年）。

批判追逐功利之士，一面通過踐行儒家道義觀和撰寫道德文章來實現自身生命價值。」﹝註11﹞因此在追求孔孟之道時，對於佛道教加以排斥，也促使王令對於儒家的心性論與性命觀加以闡釋，形成更堅定的理論基礎。本論文參考其思想研究，闡述王令的詩歌思想。

　　牛敏的《王令散文研究》﹝註12﹞分為上下兩篇，上篇主題是「王令散文是人生精神的集聚」，內容則針對「以儒學為立身之本」、「君臣相合、儒學治國的政治理想」、「守志循道的人格追求」，主要偏重散文所表達的思想；下篇是「王令散文各類文體研究」，內容有「論說文」、「記敘文」與「書信」，將散文分類再加以探討。對於儒學的研究讓王令的詩歌研究有了新的方向，不止於散文，王令的思想也在詩歌中呈現，如能披沙揀金也可以串珠成鍊，彰顯價值。

二、期刊論文

（一）以主題作論文研究

　　〈暑旱苦熱〉乃王令對於己身因熱所苦而引發成奇特幻想，內容重點在誇張的比喻與對百姓的關懷上著力，而這首詩常選為王令的代表作，近人錢鍾書的《宋詩選注》﹝註13﹞中錄有此詩。因此，有數篇期刊論文以此為發揮，如〈悲憫情懷想落天外 —— 王令「暑旱苦熱」詩賞析〉﹝註14﹞先概述王令的生平，再討論王令的藝術風格與修辭手法，其缺點是對詩歌分析過於簡短，卻對其他詳細解說，造成篇幅冗長，恐有本末倒置之嫌。

　　〈從換韻看王令「夢蝗」詩的情緒變化〉﹝註15﹞一文，陳珊珊

﹝註11﹞　劉瀟：《王令思想研究》（河北：河北大學歷史學碩士論文，2009 年）。
﹝註12﹞　牛敏：《王令散文研究》（華東：華東師範大學，中國語言文學系碩士論文，2010 年）。
﹝註13﹞　錢鍾書：《宋詩選注》（北京：人民文學，1989 年），頁 56。
﹝註14﹞　高峰：〈悲憫情懷想落天外 —— 王令〈暑旱苦熱〉詩賞析〉《古典文學常識》第 4 期 2009 年。
﹝註15﹞　陳珊珊：〈從換韻看王令〈夢蝗〉詩的情緒變化〉《延邊大學學報》

從韻腳入手將詩分為十二段，情感起伏的結構形式是第一「咍、灰、皆」韻表達憂鬱感傷、第二「海」韻表達由低沉轉入激憤、第三「支」韻表達情緒激昂、第四「屋」韻表達掩抑收斂、第五「山、先、元、仙」韻表達情緒舒緩、第六「之、支、微」韻表達沉鬱、冷靜、第七「宥、有」韻表達情緒亢奮、第八「麻、歌」韻表達孕育高潮、第九「真、欣」韻表達沉鬱漸趨於義憤、第十「薺、止」韻表達漸入肆勢、第十一「咍、皆」韻表達鬱鬱寡歡難以自控、第十二「魚、模、虞」韻表達悲憤之氣一瀉而狂噴怒發。「夢蝗」的換韻是作者為了「情緒宣洩規律性變化造成外在表現形式的必然」〔註 16〕。本篇藉由韻的聲情來表現王令詩的抑揚頓挫處所蘊含情感，但是本論文並沒有參考此篇內容，其優點是詳細分析這首詩，缺點是換韻與情緒變化提不出必然的相關，立論稍嫌薄弱。

〈淺析王令詩「原蝗」、「夢蝗」〉〔註 17〕中則探討詩中透露社會階層的對立與不公平，是王令對統治階級的強烈抗議，代表濃厚的社會主義。但是對於兩首詩的賞析超過四分之三，對於作品的意義探析過少，賞析的內容豐富可以作為本論文的借鏡。

（二）從詩風、用韻、藝術、創作加以探討

吳汝煜的〈北宋青年詩人王令〉〔註 18〕一文，是研究王令詩歌的較早篇章，內容雖無分類，但是對於王令的詩歌思想著手，從反映現實、關懷人民、批評官僚、抒發愛國精神等等，做了全面性的思想介紹，為之後的研究提供了方向與素材，本論文也吸收其中觀點加以創新。

第 37 卷第 3 期（2004 年 9 月），頁 83。
〔註 16〕 陳珊珊：〈從換韻看王令〈夢蝗〉詩的情緒變化〉《延邊大學學報》第 37 卷第 3 期（2004 年 9 月），頁 83。
〔註 17〕 鄭玉華，劉海英：〈淺析王令詩〈原蝗〉、〈夢蝗〉〉《濰坊教育學院報》第 21 卷第 4 期（2008 年，12 月），頁 8。
〔註 18〕 吳汝煜：〈北宋青年詩人王令〉《《群眾》論叢》第 01 期（1979 年 9 月），頁 180～182。

〈試評王令的詩歌創作〉〔註 19〕一文，作者先將王令思想內容定位在批判社會現實，再者表達「從立志報國、拯救民生到絕意仕途」心靈變化過程，最後評論王令創作缺點是跟宋詩一樣「理多於情，理淺情薄」。本篇對於王令的特色、思想都有深入介紹，但是對於標題僅以一、二、三區隔，毫無標題，也沒有主題分類，行文如行雲流水卻令讀者不易掌握重點。但對於研究王令詩歌時提供了對於心靈變化的觀照。

〈略論王令的奇峭詩風〉〔註 20〕一文中，將重點放在藝術特色及形成原因，作者認為王令的審美追求是奇峭——「『奇峭』一詞不僅是王令詩的藝術風格的概括，更是詩人不同流俗、狂介一生的寫照。」〔註 21〕首先表現在新怪異的想像，其次是善於運用奇異的比喻和大膽驚人的誇張，還表現在熔鑄新詞、力求奇峭。最後將風格形成原因歸結於時代背景的影響、個人生活經歷與轉益多師、善於學習。內容與主題成功緊扣，提供了本論文相當豐富的想法。

〈屈騷傳統的復興與王令的辭賦創作〉〔註 22〕本文開頭指出宋代騷體賦的創作特徵有兩點，一是「表現現實壓抑，有志難伸的苦悶」〔註 23〕，二是「表現固窮守志，激勵名節的激情」〔註 24〕，而劉培認為當中「最能體現屈騷發憤抒情特色」的是王令「他的辭賦繼承屈騷對獨拔流俗、峻潔高尚的人格美的追求，以強烈的情感反抗現實壓

〔註 19〕 陳怡：〈試評王令的詩歌創作〉《建師範大學學報哲學社會科學版》第 01 期（2001 年 1 月），頁 79。

〔註 20〕 吳侃民、劉佳宏：〈略論王令的奇峭詩風〉《河北建築科技學院學報》第 02 期（2005 年 6 月），頁 66。

〔註 21〕 吳侃民、劉佳宏：〈略論王令的奇峭詩風〉《河北建築科技學院學報》第 02 期（2005 年 6 月），頁 66。

〔註 22〕 劉培：〈屈騷傳統的復興與王令的辭賦創作〉《湖北大學學報哲學社會科學版》第 32 卷第 3 期（2005 年 5 月），頁 325。

〔註 23〕 劉培：〈屈騷傳統的復興與王令的辭賦創作〉《湖北大學學報哲學社會科學版》第 32 卷第 3 期（2005 年 5 月），頁 325。

〔註 24〕 劉培：〈屈騷傳統的復興與王令的辭賦創作〉《湖北大學學報哲學社會科學版》第 32 卷第 3 期（2005 年 5 月），頁 325。

抑,在藝術表現和風格方面繼承並發展了屈騷浪漫主義傳統。」〔註
25〕。從屈原到王令,詳細清楚交代了騷體賦的傳承,也把王令的賦
特色分析透徹,本論文在提到王令是騷體賦代表時,酌參該文的分類
特點。

〈循韓孟之脈,立奇瑰之風 —— 北宋詩人王令詩歌簡析〉〔註
26〕一文,討論王令被分爲孟、韓詩派的原因 —— 除了性格,還有學
術背景的必要條件,就是與孫覺與王安石的交遊得到接觸學術風尚的
機會。繼承孟、韓方面,像是〈日蝕〉效仿盧仝的〈月蝕〉,〈呂氏假
山〉則與韓愈的〈陸渾山火一首和皇甫湜用其韻〉有異曲同工之趣。
在詩歌特色方面,作者認爲獨特的風格源於「通過對詩歌意象的主觀
裁剪,對完整和諧詩句的人爲錯置,以及對怪異之美的發掘與彰顯,
使詩歌在語言和意境上呈現出一種險怪生澀的風格」〔註27〕。文末對
於缺點有另一番見解,指出王令詩歌往往有敗筆之處,如他用「蚌碎
珠駢出,須牽蝶合圍」(〈瓊花〉)形容瓊花、用「雛鶴暖嬌搖羽脫,
老龍枯癢退鱗飛」(〈和人春雪〉)形容春雪,這些過分雕琢的比喻「不
僅沒有達到『惟陳言之務去』的目的,反而使詩歌顯得甜俗而村氣十
足」〔註28〕。本文章對於王令作品的評論一語中的,在與韓愈相互比
較的地方是本論文參考引用處,藉由與韓愈詩歌的相互比較,凸顯王
令詩歌對韓愈的繼承與創新。

〈論王令詩歌的藝術特色〉〔註 29〕將王令的藝術特色分爲構思
奇特、境界闊大、意象怪誕、語辭生新四方面來探討。構思奇特中表

〔註25〕 劉培:〈屈騷傳統的復興與王令的辭賦創作〉《湖北大學學報哲學社
會科學版)》第 32 卷第 3 期(2005 年 5 月),頁 325。

〔註26〕 趙險峰:〈循韓孟之脈,立奇瑰之風 —— 北宋詩人王令詩歌簡析〉
《保定學院學報》第 21 卷第 1 期(2008 年 1 月),98 頁。

〔註27〕 同前注27。

〔註28〕 趙險峰:〈循韓孟之脈,立奇瑰之風 —— 北宋詩人王令詩歌簡析〉
《保定學院學報》第 21 卷第 1 期(2008 年 1 月),98 頁。

〔註29〕 寧智鋒:〈論王令詩歌的藝術特色〉《商丘師範學院學報》第 24 卷第
1 期(2008 年 1 月),頁 40。

達王令創作時「極力地求新求異，甚至求奇求怪」〔註30〕，即使生活中的平凡事物信手拈來都能「推陳出新、任意馳騁」；境界闊大指王令使用大量的比喻與誇張，「詩氣概闊大，意境豪邁」〔註31〕；意象怪誕則說明王令擅長使用「龍」、「虎」、「鬼」、「怪」等奇異意象來使詩產生怪誕、雄壯的效果；語辭生新探討其詩運用聯想、誇張與比喻的手法，令語言「生動新奇，極富表現力」〔註32〕。提供本論文撰寫藝術特色分類的參考依據。

〈北宋揚州詩人王令用韻考〉〔註33〕一文，把討論目的定位在「以揭示 11 世紀揚州方言的語音特點，近而推動宋代語音史和江浙方言史的研究」〔註34〕。文中將古體詩與近體詩的韻腳加以分析，發現古體詩的入聲字入韻比較少而且出現三種塞韻尾混押情形：近體詩多出現「借韻」、「出韻」〔註35〕，且使用押異部韻的情形嚴重。「借韻」、「出韻」雖是傳統詩家大忌，但是大量使用自由寬鬆之韻一來除了反映當時實際語音狀況——北部吳語區（揚州、蘇州、上海）遭到北方話滲透，另一方面可以從此篇著作中佐證王令的語言自由、性格奔放。本論文無涉及到音韻部分，所以僅是參考揚州方言在詩歌中的運用，雖沒有提供任何參考，卻啟迪了筆者從地方文學討論王令詩歌的文學價值。

〔註30〕　寧智鋒：〈論王令詩歌的藝術特色〉《商丘師範學院學報》第 24 卷第 1 期（2008 年 1 月），頁 40。

〔註31〕　寧智鋒：〈論王令詩歌的藝術特色〉《商丘師範學院學報》第 24 卷第 1 期（2008 年 1 月），頁 40。

〔註32〕　寧智鋒：〈論王令詩歌的藝術特色〉《商丘師範學院學報》第 24 卷第 1 期（2008 年 1 月），頁 40。

〔註33〕　錢毅、姜怡國：〈北宋揚州詩人王令用韻考〉《邵陽學院學報》第 1 期第 8 卷（2009 年 2 月），頁 68。

〔註34〕　錢毅、姜怡國：〈北宋揚州詩人王令用韻考〉《邵陽學院學報》第 1 期第 8 卷（2009 年 2 月），頁 68。

〔註35〕　律詩首句押用鄰韻而不用本韻就叫作「借韻」，律詩偶句押用鄰韻而不用本韻就叫作「出韻」。

以上論文對於本研究或多或少都提供相當助益，就算沒有引用或參考的篇章也是幫助研究時更加了解王令詩歌的背景與意義，例如〈淺析王令詩「原蝗」、「夢蝗」〉、〈略論王令的奇峭詩風〉，對於詩歌的賞析與風格雖然無法提供全面的觀點，但是作參考可以完善王令詩歌的研究。〈試評王令的詩歌創作〉對王令詩歌思想有注意到變化的歷程，但是缺乏系統與篇幅過短，本研究將繼續增補使思想更為完備。另外〈北宋揚州詩人王令用韻考〉提供了往地方文學定位王令詩歌的可能。作為借鏡來參考的有〈論王令詩歌的藝術特色〉、〈循韓孟之脈，立奇瑰之風 —— 北宋詩人王令詩歌簡析〉、〈屈騷傳統的復興與王令的辭賦創作〉，這三篇的內容主題分類精準、論點精闢，也讓筆者在研究時能藉由立在這些前輩的肩膀上將眼光放到更遠的地方，作更深入的討論，內心深深感謝這些巨作讓研究減少了整理許多資料的功夫。

（三）詩人交遊相關討論

〈王安石與忘年交王令〉〔註36〕、〈王安石與王令的忘年交〉〔註37〕這兩篇相似度太高，馬海松僅刪減〈王安石與忘年交王令〉的開頭，又在文中多附加十三個註釋而已，並且對於資料的出處沒有完整註明，這是較為可惜的地方。張新紅的〈王安石與忘年交王令〉很有系統地將兩人的交往始末完整交代，較專門討論王令的論文更加詳細考證其交遊與詩歌書信的印證，提供本文很多參考價值。唯對於兩人交遊的效應僅交代到王令因此聲名大噪而已，因此在研究王令的交遊情形除以此為借鏡，將更在此基礎上繼續討論與王安石交往所帶來的後續效應，以求更加完善。

〔註36〕　張新紅：〈王安石與忘年交王令〉《邊疆經濟與文化》第 10 期（2005 年 10 月）。

〔註37〕　馬海松：〈王安石與王令的忘年交〉《蘭台世界》第 02 期（2007 年 1 月）。

第三節　研究限制與方法

　　本論文採用版本爲由上海古籍出版社所出版沈文倬校點的《王令集》〔註38〕，詩賦文 21 卷。另有《拾遺》、《附錄》、《年譜》等。此版本的優點是採用吳興劉氏的嘉業堂刊本爲底，再取吳本、蔣本、四庫本、明抄本〔註39〕四個版本加以校勘，又參照《宋文鑑》、《宋詩鈔》、《王文公文集》、《臨川先生文集》等書相關部分。最重要的是沈文倬校勘時，如發現異文較所本的爲佳，則加以刪改再註明原作某；若可以兩通的，就註明原校所作；異文無礙於文義的，則全部刪除。

　　本論文以王令之詩歌爲研究對象，希望藉由文本的分析及系統式整合，發掘出王令的詩歌作品其個人創作之中心思想及其價值所在。故研究方法主要採用文本分析法與歸納法，藉由對《王令集》內的詩歌的分析、統計以釐清修辭、特色與思想等主題。也因爲本研究以《王令集》爲研究對象，內容所提作品皆由此而來，爲求行文簡潔方便，本論文不另行贅述註解出處頁碼；另外，賞析作品時不一定引述完整原文，是故在節引摘句詩文時於文句後括號注明詩篇名，再次引用時於括號內註明「同前註」。

　　就本文的研究限制而言，其一，王令詩歌所能表達的思想侷限於文體限制，詩人並非把所有思想都寄託在詩中，而多撰寫於散文式策論，反觀詩歌是吟詠性情、即興紀錄之作，故未能有明顯核心主題，其思想是散見於詩中。其二，王令詩歌的正確數量無法確定，沈文倬先生在《王令集》前言就提到，由於王令的詩文由外孫吳說編集成《廣陵先生文集》已是在死後六七十年的事，而且只有抄本流傳，到了清

〔註38〕〔宋〕王令，沈文倬校點：《王令集》（上海：上海古籍出版社，2011年）。

〔註39〕吳本指的是清代吳翌鳳藏陳岩、顧友桂校定舊鈔本。蔣本指的是清代雍正中蔣繼軾鈔校本。四庫本指的是清代文瀾閣寺課全書寫本。四庫本指的是清代文瀾閣寺課全書寫本。明抄本指的是清代孫詒讓藏明抄本。

代收入到《宋詩鈔》〔註40〕又是六百多年的間隔，因此詩歌數量僅能概估四百五十多首。但就《王令集》目錄裡連同拾遺一卷的數目是四百五十八首，與沈文倬所言的四百八十多首相差甚遠，因此造成研究上未能囊括所有創作，不免有遺珠之憾。

〔註40〕〔清〕呂留良等撰：《宋詩鈔》（上海：商務，1936 年）。

第二章　王令及其詩歌藝術內涵

　　王令身處北宋，當代文化發蓬勃展，不論科技、經濟乃至文學都有劃時代的創舉，在以儒為尊的年代，他卻不似一般士人汲汲於仕途的追求，而是在飢寒交迫中堅持自己的文學理念及創作，這是王令的獨特之處。細觀其生平，可以發現王令在文學史上並非所謂的「大家」，然而他藉由詩歌的創作來反映百姓不為人知的疾苦，卻不亞於其他人。他並非沽名釣譽之徒，一輩子甘願深受貧苦折磨，也不願媚俗求名；本著儒家民胞物與的精神替百姓發聲，藉詩歌對抗當時的「仁義儒」。如此堅持士人志節的詩人，對於自己生活的審美觀為何？對於風月百花的大自然又有何獨特感懷？本章欲由王令的生平、其詩歌的題材內容及修辭表現三個方面，去探析王令及其詩歌創作。

第一節　王令的生平

　　王令（1032～1059 年），北宋詩人，生於仁宗明道元年，卒於仁宗嘉祐四年，根據〈宋人年譜叢刊〉所記載：

> 王令（1032～1059），初字鍾美，後改字逢原。原籍元城（今河北大名），年幼喪父，隨叔祖父王乙徙于官所。遂為廣陵（今江蘇揚州）人。少時尚意氣，後折節讀書，不求仕進，

以教授生徒爲業，往來於瓜州、天長、高郵、潤州等地。至和元年，以《南山之田》詩受王安石賞識，後主高郵州學，未幾辭去，遷居潤州。卒于嘉祐四年，年二十八。

王令雖早卒，卻以詩文頗負盛名。其詩受韓愈影響，磅礡奧衍，而能直擊現實，劉克莊稱其「骨氣蒼老，識度高遠」（《後村詩話》前集卷二）。著有《廣陵集》二十卷。事跡見王安石《王逢原墓志銘》、劉發《廣陵先生傳》、《廣陵先生行實》（均見《廣陵集》附錄）。〔註1〕

針對王令的人生的問題，可以用「貧窮與痛苦的人生經歷」來作爲探討題綱。

王令短暫的一生是在貧困交集中度過的，一般人對於貧窮避之惟恐不及，王令對於貧窮雖然不喜歡，卻不以不義去之，正如同孟子所言：「魚，我所欲也；熊掌，亦我所欲也，二者不可得兼，舍魚而取熊掌者也。生，亦我所欲也；義，亦我所欲也，二者不可得兼，舍生而取義者也。」〔註2〕王令認爲自己不可以違背仁義來以官求富。

關於自己一生自述，在〈壬辰三月二十一日讀李翰林墓銘云少以任俠爲事因激素志示杜子長〉可以看出端倪：

嗟吾爲顓蒙，木朴無所思。成童始就學，數歲通書詩。十五尚意氣，自待固不卑。嘗爲富貴易，有如塗上泥。苟意欲自進，足至則履之。二十忽自笑，學乃謀寒飢。倘富貴是致，其亦蹔斷爲。雖曰爲學難，我易易則宜。牆籬號障塞，猶可鑽隙窺。豈此聖人道，苦勉不及期。反覆私自念，已急猶懼遲。思而或有得，行之固不疑。跂以見聖賢，不及猶可隨。道遠志所畢，疾驅亦忘疲。逮茲五十年，財若穿銅鎚。柄執似可役，持用寧無施。何意甚困躓，不及庸常兒。多病骨出露，薄食筋力羸。鼠飽晝睡穴，雞飛暮乘塒。世既雞鼠儔，宜吾安窮奇。

〔註1〕 參見吳洪澤，尹波主編：《宋人年譜叢刊》（四川：四川大學出版社，2003年）第四冊，頁2286。

〔註2〕 〔宋〕朱熹：《四書集注》（臺北，世界書局，1963年），頁332。

他自稱志在貧賤而不願屈就科舉功名，有時生活無著落，常陷於極度窘迫的境地。曾模仿韓愈作《送窮文》來形容自己的情形是：「拘前迫後，失險墮深，舉頭礙天，伸足無地，……刻瘠不肥，骨出見皮，冬燠常寒，晝短猶飢。」處於社會底層的生活，使他飽嚐人生之辛苦，而孤倔不苟的秉性，又使他於貧賤中激發出憤疾兀傲的意氣，所以他說「跛以見聖賢，不及猶可隨。」他的詩多哀吟自我生活的貧苦——「何意甚困躓，不及庸常兒」，兼及社會的黑暗不平與民生的荒寒蒼涼——「世既雞鼠儔，宜吾安窮奇」。貧窮無法迫使他去參加科舉來求取功名，低賤無法使他降低志節來逢迎他人。宋仁宗至和元年，王安石由舒州通判被召入京，途經高郵，王令投書並贈〈南山之田〉一詩與王安石以求見，開始了他與王安石的交往。經王安石的舉薦，當時許多有聲譽的文人學者開始與王令投贈唱和，王令的詩文得以傳抄流通。王令聲譽赫然，便有不少好攀附之徒望風伺候，進譽獻諛，這使清高倔強的王令大為惱火，他在門上大書「紛紛閭巷士，看我複何為？來則令我煩，去則我不思。」以絕客。次年，王令被高郵知軍邵必強邀為高郵學官，不久便書告邵必：「人固各有志，令志在貧賤，願閣下憐其有志，全之不強。」辭歸天長束氏。王令重返束氏之家，「去而復來，苟得食以自延」，「而受人之厚賜，無足酬報」而又「迫於莩餓，又不得自引而去，其慚於旦暮不忘」。不求功名的信念和貧困終使王令陷於難堪而難以自拔的境地。

一、時代背景

　　知人論世才能深入作者的內心而感同身受。北宋文人輩出必有其興發的背景，也就是說人不能離開歷史，在當時的時空之下，詩人對於政治的認同與社會的關懷都會反映於作品，正所謂「文變染乎世情，興廢繫乎時序」〔註3〕，《孟子·萬章下》也說：「頌其詩，讀其

〔註3〕　〔梁〕劉勰：《文心雕龍·時序》，《景印文淵閣四庫全書》冊1478，（臺北：臺灣商務，1983～1986年），頁62。

書，不知其人，可乎？是以論其世也，是尚友也。」〔註4〕，因此對於北宋的時空背景就需要一定的明瞭。

（一）政治與軍事

北宋自開國始祖趙匡胤在陳橋兵變稱帝之後，雖然結束了五代十國的分裂局面，但是由於採用強幹弱枝政策，邊疆外族如契丹、黨項、女眞趁勢而侵擾，最終導致徽宗、欽宗被金人俘擄，北宋一共經歷一百六十七年。所謂的「強幹弱枝」有兩項特色：一是中央集權，將各項權力如軍力、政治、財力等集中在中央，相對而言地方勢力無法威脅政權。二是文人政治，嚴禁武人干政，武人亂國、藩鎭割據的情形就可以避免重蹈覆轍。具體表現就是第一、設置禁軍，中央重兵即同地方兵弱，將各地精兵掌握於京師附近手上。第二、更戍法，派遣禁軍戍守邊疆，並且所謂「兵無常將、將無常兵」這樣一來「兵不知將、將不知兵」，受制於調動而避免將帥專兵，士卒驕惰的情形發生。第三、文人政治，從中央到地方，甚至是邊防都任文人爲官。但是以文臣出任節度使代替武將守邊，以防兵變，但是也造成武力不振的現象。宋朝本身積弱加上苟安主和的態度，對遼、夏均採取納幣求和的方式，加重了宋朝外部的經濟和政治威脅，而仁宗時期就進入了「積弱」的局面。

李明德自被遼國封爲夏國國王後，在景德三年也臣服宋朝而獲得封定難軍節度使、西平王後，遷都興州，戰勝回鶻，取得甘州、涼州，奠定西夏版圖。李元昊於明道元年繼位後將瓜州、沙州、肅州也納於版圖，將吐蕃的青唐拿下後於寶元元年叛宋稱帝，改國號爲「大夏」。宋朝對其戰役中，最重要的康定元年的三川口之戰、慶曆元年的好水川之戰、二年的定州之戰皆戰敗，後對其採用議和——四年的慶曆議和包含絹十五萬三千匹，銀七萬兩千兩、茶三千斤。遼國藉著宋夏之戰，揚言要取關南而出兵北宋，仁宗派出富弼出使遼國談判，慶曆

〔註4〕 〔宋〕朱熹：《四書集注》（臺北，世界書局，1963年），頁154。

二年的宋遼合約包含絹匹和銀兩各達五十五萬，改「歲幣」為「納幣」。仁宗對於這狼狽為奸的敵國束手無策，軍事就因為戰線拖長、疲於奔命後只能議和，淪落至「積弱」的局面。

剛剛平息邊患遼夏，南方又發生了廣源州蠻儂智高反叛事件，他大規模侵擾廣南。儂智高是廣源州的首領，後想依附宋朝以反抗交趾的控制，但未獲得宋朝回應，因此藉故侵擾。皇祐元年九月，儂智高率眾先攻破邕州橫山寨（今廣西田南寧）稱帝，並且一度包圍廣州。宋朝先後前往征伐，未能拿下。儂智高得寸進尺，要求封他為邕桂節度使，給予兩廣的統治權力，宋仁宗最後派狄青才將儂智高討平。

（二）社會經濟

宋代國家收入雖多，但是支出更多，國庫捉襟見肘，上用不足必徵於下，而土地兼併、勞役過重、飢荒、募兵等日益嚴重，另外對於遼夏的歲幣也是一大負擔。鑒於上述種種情況，北宋又如何能不「積貧」？

首先是「三冗」問題，權三司度支判官宋祁於仁宗寶元二年上疏，認為國庫入不敷出在於「三冗三費」。「三冗」即是：一、各級官員比前朝增加五倍；二、幾十萬軍隊的軍事費用；三，僧尼、道士增額無上限，在當時未受戒的就有五十萬之多。「三費」是指：一、是道場齋醮，耗費百司供應；二、是京師建寺觀過多而多設徒卒，空耗官糧；三、罷黜的大臣仍帶節度使銜，消耗大量國庫。

冗官狀況是宋初因為官、職、差遣分離就已出現重複設置官僚；真宗時，高官可以每年「恩蔭」子孫及親屬為官，普通官員也可以每三年授一子為官。因此從景德年間到皇祐年間，官員「有定官，無定員」的政策下，擴大各級官員數量，也由九千多增為一萬七千多，增加了近一倍。科舉方面，宋仁宗仍嫌「取人之路尚狹」，於是在景祐元年下詔：「此後『試進士諸科，十取其二』」另外屢次參加科舉而年逾五六十歲的人，即便試文不合格也要上報朝廷，可另外藉由「賜及第」

而獲得官職,因此仁宗廣開十三次科舉,共有四千多人,諸科五千多人,這些中舉者又成了官吏,仁宗冗官的開支,又高出真宗時好幾倍。

冗兵是由於軍隊編制過於龐大,有中央禁軍(一半守京師,一半輪守邊疆)、廂軍(駐守各地服雜役)、鄉兵(地方軍隊)、蕃兵(對抗西夏),而自宋太祖為解決災民問題,募兵制將民變兵,兵額大增。在錢穆《國史大綱》中指出太祖軍隊有 37 萬 8 千人,禁軍 19 萬 3 千人;太宗有軍隊 66 萬 6 千人,禁軍 35 萬 8 千人;真宗增加到軍隊 91 萬 2 千人,禁軍 43 萬 3 千 1 百人。仁宗軍隊高達 125 萬 9 千,禁軍也有 82 萬 6 千人。蔡襄在〈論兵十事〉統計出光是軍隊共 118 萬 1532 人的開支共 4800 餘貫,占宋朝政府全部財政收入的六分之五,更遑論文官的薪水、祭祀活動,因此根據《宋史・食貨志》記載皇祐元年時,全國收入共 1.2625 億餘貫,支出到沒有任何盈餘,英宗治平二年甚至短缺 1500 萬貫,國窮民更貧。

宋代對於土地沒有兼併限制,放任買賣自由,農民因為貪官強豪的吞併、天災戰亂、賦稅無力支付下,喪失土地的有之、淪為佃農的有之,然而幾乎所有的重擔都落在農民。寶元二年時富弼奏議情況已到:

> 內則省庭,外則轉運司以至州縣,勤勞供職,嚴峻用刑,所急之,須唯財是務,盡農畝之稅,竭山澤之利,舟車屋宇,蟲魚草木,凡百所有,無一不征,共知窮困,都為賦斂。(〈上仁宗論西夏八事〉)〔註5〕

造成各地大大小小的民變和起義,較大的有慶曆三年前後就發生過開封府饑民起義,五月有沂州的王倫率眾起事除士兵外還有饑民加入。八月,又發生張海和郭邈山在商山(今陝西商縣東南)起義。慶曆四年八月,保州駐邊疆禁軍數千人因管理不當而暴動。慶曆七年十一月,貝州(今河北清河境)因王則以宗教蠱惑士兵和農民的起義。社

〔註5〕〔宋〕趙汝愚編:《宋名臣奏議》(臺北:臺灣商務,1971 年),頁14。

會的動盪與弊端雖有許多士大夫紛紛提出改革，但離王令最近的慶曆變法沒有成功，他身處的社會依舊充滿問題──對外有遼和西夏侵擾，對內則軍隊與官僚過於龐大而且無效率，百姓日趨貧困、賦稅增加、暴動四起，天災〔註6〕加上人禍，這些都讓王令除了關懷同情外也抑鬱成心中塊壘。

根據時代背景的分析，可以了解王令爲何寧願當一介平民，因爲政治的汙濁，而決意終身不仕。天災與人禍頻傳，讓王令不忍到用詩來書寫內心的同情與悲傷。王令面對這些亂象之後，對於宋仁宗便無明君聖主的推崇，要藉由當官來施行儒家的理想是渺茫無望了。

二、先世家族與成長背景、經歷

從王令的家族可以知道出身原是官宦世家，而到了他這一代已經沒落。從他的先世可以了解爲何在仕與隱之間無法完全切割。又從王令的成長背景了解到爲何他常感到孤寂、渴望朋友情感的交流。

（一）先世家族

王令的五世祖──王安，是周世宗時閣門通事舍人，舉家遷居魏郡元城縣（今河北省大名縣）。高祖王庭溫（王安之子），宋太祖開寶中出任泰寧軍節度副使。曾祖王奉諲宋太宗時擔任右班殿直，卒後贈左武衛大將軍。祖父王珙，任大理評事叔祖（王珙之弟）王乙，字次公，舉進士不中而游於江淮之間，眞宗景德年間詔求秘書，王乙獻書得官，晚年以左領軍衛將軍致仕，卒於海州。乙育有三子，分別是王越石、王仁傑、王子建，其中王越石與王安石是同年進士〔註7〕，但是王令與王安石的交談卻甚少談及；。王令的父親王世倫任鄭州管

〔註6〕〔宋〕歐陽脩〈論救賑江淮飢民箚子〉：「……，去年（慶曆三年）王倫踩踐之後，人戶不安生業。倫賊纔滅，瘡痍未復，而繼以飛蝗。自秋至春，三時亢旱。」《歷代名臣奏議》（上海：上海古籍，1989年），頁18。

〔註7〕〔宋〕王令，沈文倬校點：《王令集》（上海：上海古籍出版社，2011年），頁420。

城縣主簿，相當於秘書長的職務而已，於景佑三年（相當王令五歲時）逝世。於地方史或宋史上皆沒有留下資料。王令是由叔祖王乙扶養長大，對於王乙的事蹟甚為詳細，為他寫行狀來紀念，相對來說卻無詳述自己的祖父及父親經歷。

另外，王令於詩集中甚少提及兄姐以外的親人，卻大篇幅與朋友唱和酬謝，其在〈餓虎不食子〉可隱約推知：

> 餓虎不食子，饑鷹不雌求。虎餓不擇肉，盛怒遇子收。鷹饑爪喙獰，尚與雌同韝。人豈二者然，恩義宜綢繆。親戚不宜怒，割恩以為仇。此割非常割，此傷無血流。肉割愈有日，恩割傷不收。一割大義死，再割面相仇。親戚尚皆然，況又他人儔，是己與世絕，于世何足尤。〔註8〕

除了王令幼年失親造成「平生孤憤自潸然」（〈思歸〉）外，從上文中的「親戚不宜怒，割恩以為仇」可知未能和親族間和諧相處，也與之情感維繫不深，因此人之難處甚於餓虎與饑鷹。野獸與猛禽在饑餓困頓的時候，面對同類和親族也能恩義相待，獨人則「一割大義死，再割面相仇」，義理無法維持感情的決裂。對於王乙的評價，沈文倬在〈廣陵集年譜〉的「皇祐二年」辯證道：

> 令育于叔祖乙以長，然集中無一詩及乙。為乙撰行狀，述言行甚詳，讚之不過嚴與直耳，狀云：「居家慈，其族多賴以養」而不及乙之就育，卒少愛慕情：豈乙遇之甚薄耶！〔註9〕

王令的出身可稱得上是官宦世家，但由於親疏恩薄之故，反倒對於其人格產生負面影響「久孤得聚氣遂振，張目視人皆麼麼。」（〈寄王正叔〉）

（二）成長背景

王令出生在北宋仁宗明道元年，卒于仁宗嘉裕四年，年二十八

〔註8〕 沈文倬：〈王令年譜〉《王令集》（上海：上海古籍出版社，2011年），頁431。

〔註9〕 沈文倬：〈王令年譜〉《王令集》（上海：上海古籍出版社，2011年），頁431。

歲。王令的先祖「王氏舊望太原，……自公之五世祖居於魏之元城」（〈叔祖左領軍衛將軍致仕王公行狀〉卷八），而他自己也說不知何時遷，因為自七世祖起皆居元城縣，所以本籍是元城人，後又因隨著王乙遊宦於廣陵（今江蘇揚州市）而佔籍廣陵，縱使遊於江、淮之間也自認為廣陵人〔註10〕。出生時，父親王世倫取名令兒，而後還未替他改名就已經過世，因此自稱王令，初字鍾美。建安時，黃莘認為他「造道之深，字之曰逢原」〔註11〕王令於父親死後即成為孤兒，另外自述「賤生不自辰，親沒身孤零」（〈謝束丈見贈〉）可知母親早已先棄，王令在叔祖王乙照顧下至十五歲就獨力自處。童年時勤敏好讀，「晝從群而嬉，夜獨誦書，往往達旦不眠，率以是為常」〔註12〕甚至未曾拜師而文章「即為雄偉老成，人見之皆驚」，他也說「成童始就學，數歲通詩書」（〈壬辰三月二十一日擅李翰林墓誌銘雲少以任俠為事因激素志示杜子長〉並序）年少時的王令「落拓不檢」，對於自己的豪氣任俠頗自得，「少年嗜勇黠，跨壓百雄低，……使氣睨群輩，問今當我誰。」（〈道士王元之以詩為贈多見哀勉因以古詩為答〉）這樣「倜儻不拘束」的性格面對鄉裡不公義的人往往「面加毀折無所避」，鄉裡的人也因此畏懼服從。但這樣的行為滿氏兄執中卻認為不對，正如《論語》所說「好勇不好學，其蔽也亂；好剛不好學，其蔽也狂。」〔註13〕因此勸誡他。為此王令反省「好勇不好道，吾將自誅非」（〈道士王元之以詩為贈多見哀勉因以古詩為答〉）自悔而閉門讀書，為日後的才學奠定紮實的基礎。

〔註10〕　〔宋〕劉發：〈廣陵先生傳〉《王令集》（上海：上海古籍出版社，2011年）。

〔註11〕　〔宋〕劉發：〈廣陵先生傳〉《王令集》（上海：上海古籍出版社，2011年），頁386。

〔註12〕　〔宋〕劉發：〈廣陵先生傳〉《王令集》（上海：上海古籍出版社，2011年），頁384。

〔註13〕　〔宋〕朱熹：《四書集注》（臺北，世界書局，1963年），178頁。

（三）經　歷

　　王令五歲前由叔祖王乙扶養長大，慶曆七年時十六歲的他隨叔父王越石來到瓜洲〔註14〕。隔年姊姊守寡，貧窮到無法自活，王令才離開王乙獨立以扶養寡姊孤甥，「十年不一逢，會合何所由。幸逢子來歸，與我相慰投」（〈山陽思歸書寄女兄〉）十七歲的王令能夠肩負扶養家姊的責任，儼然是個有擔當的男子漢。他在山陽的某氏家塾授業時感發主人的盛饌是「晨粳玉炊香，暮酒金注甌。盤蔬羅春青，豆脯兼夕鱐。爲食豈不美，義咽不下喉」（〈山陽思歸書寄女兄〉）的豐盛。仍然不忘一方寡居的姊姐「要當歸子同，半菽飽亦優」（〈山陽思歸書寄女兄〉），這些眞摯的情感全在詩中娓娓道盡。

　　皇祐元年，十八歲時往天長縣（隸屬廣陵郡）束氏家塾中聚學，二十一歲時放棄仕進之路而寫了〈送窮文〉，與束氏父子感情深厚，所以發自內心感謝「得活諸孤賜最多」（〈謝束丈〉）一直到皇祐五年結束，進入至和元年時才至高郵聚學，在束氏家塾度過五年，〈令既有高郵之行而束孝兄弟索予詩云〉表明要離開天長之意已決，感情深厚的他不免又在〈再贈束孝先〉說：「去去終我身，兩兩無想忘。縱予道路憂，骨尚付子藏。」對至友依依不捨。至和元年，二十三歲至高郵聚學，正適逢王安石被召入京，經過高郵時王令投書贈送〈南山之田〉，王安石佩服感嘆地說：「始得足下文，特愛足下之才耳。」〔註15〕，面對同以孔子爲圭臬的王令說「僕安敢不以孔子之道友足下乎」（同前註）。至和二年，二十四歲時擔任高郵軍任學官，不久後就辭去。知軍邵必因爲其家貧而想餽贈救助，卻遭到王令用「人固各有志，令方志在貧見」（〈講罷謝邵牧不疑書〉）的理由拒絕；邵必又在〈淮南部使者邵必奏狀〉提到「文學德行，俱出人右。奉

〔註14〕　《王令集》卷二十〈右班殿直袁君墓銘〉：「令侍叔父以官來，令方少，得君之子……」可推之。

〔註15〕　〔宋〕劉發：〈廣陵先生傳〉《王令集》（上海：上海古籍出版社，2011年），頁392。

寡姊如嚴父，教孤甥如愛子……求之士人，未見其比。」〔註16〕將王令的孝心嘉行上報朝廷，大大地讚揚一番。同一年又歸天長束氏家塾聚眾講學，因爲「迫於莩餓，又不得自引以去矣」（〈謝束丈〉）。嘉祐二年時，二十六歲在潤州後來舉家搬遷到江陰暨陽，聚徒講學，其著作《論語解》十卷與《孟子解》五卷於此時期完成〔註17〕。皇祐三年，王令至蘄州蘄春縣（今湖北蘄春縣）迎娶蘄州尉吳蕡（王安石舅舅）之女，並於十二月遷居常州。皇祐四年，令在常州聚徒講學，並於遊平山堂之後作〈平山堂寄歐陽公〉詩一首，六月時亡於腳氣病發作〔註18〕。

三、交遊對象

　　王令的交遊大抵是以揚州爲範圍，從當時有名的王安石、孫覺到其他文士，這些文人可分爲宦遊官場的士人與江湖自處的隱士與平民。詩人間的唱和可以視爲傳遞思想與增進情感的方式，但是如果僅爲一首短詩，既無法探究兩人的友誼也無法斷定是否淪爲酬謝之作，爲避免爭議，故不提及僅一首詩歌往來的對象。另外也試著藉由分類來佐證後爲所論對於政治的觀點、仕隱的想法，以下就其交往對象分爲「宦遊官場的士人」、「與之言志的隱士及平民」兩部分析論。

（一）宦遊官場的士人

　　從王令詩歌中可發現與之交遊的官場士人有下列這些人：黃莘、

〔註16〕　〔宋〕劉發：〈廣陵先生傳〉《王令集》（上海：上海古籍出版社，2011年），頁435。

〔註17〕　〔宋〕洪邁《容齋隨筆》卷三記載「冉有問衛君」：「惟王逢原以十字蔽之，曰：『賢兄弟讓，知惡父子爭矣。』最爲簡妙。」。王安石的〈題王逢原講孟子後〉：「逢原在常、江陰時，學者有問以《孟子》，而逢原爲之論說。又此二書在〔宋〕陳振孫《直齋書錄題解・卷三》語錄類題到：「《王氏論語解》十卷、《孟子解》五卷……」。但未能傳世，僅留《十七史蒙求》與《王令集》。

〔註18〕　王令的腳氣病應在嘉祐元年居長天時已有，在〈與束伯仁手書〉提到：「自入夏病作，與去年無異，可怪」。

崔公度、孫覺、杜漸、朱明之、王安國、邵不疑、歐陽脩、王安禮、呂惠卿、錢公輔、黃莘。從王令與這些在朝士人的交遊中，可看到他對於當時政治雖不認同，但對於官場的文人卻不排斥；他與這些士人純粹是以文會友，詩歌中甚少提及政治。然而，當這些士人在官場上失意時，王令會以隱逸思想勸戒其歸隱。本文將就與王令最密切相關的摯友來介紹與討論。

　　王安石，字介甫，號半山，撫州臨川人，曾封荊國公，人稱王荊公。北宋政治家、文學家。仁宗慶曆二年（1042 年）進士，簽書淮南判官，任鄞縣知縣。至和元年（1054 年）時，王令在高郵投書給自舒州要進京的王安石，獻詩而與王安石相見如故，互為知己。王安石甚至為他修書〈與舅氏吳司錄議王逢原姻事書〉，兩次推薦將妻妹嫁與王令。兩人密切往來，王令寫給王安石十八首詩，王安石寫給王令一首詩及十二篇書信。聽聞王令過世，王安石甚至寫了以一篇挽辭、四首詩、三篇散文來紀念王令。有鑑於關係密切需另闢章節，容後第四章第二節詳細交代，在此僅略述交游情形。

　　黃莘，字任道，福建蒲城人，僑居舒州太湖。皇祐五年（1053 年）進士，初任揚州天長縣主簿，徙恩州清河令（今河北清河縣西），改濟陰縣，擢提舉河北常平倉，歷東西路運判，遷陝西提點刑獄，召入受封為尚書省職方員外郎，出知汝州（河南省中西部），以朝奉郎致仕，卒於元豐八年，年六十五，有文集四十卷。從黃莘的從政經歷來看，王令與之相交應該是都身處揚州時期，在束氏私塾任教的他既然寫〈送黃莘任道赴揚州主學〉，兩人應該在皇祐五年前就已相識，交情深厚，前後寫了十首詩贈送給黃莘，而黃莘也因為「其造道之深」，為王令取了「逢原」這個字〔註19〕。王令對於黃莘十分欽仰，在〈上黃任道〉稱讚他出身是「材資第一良」、「洪聲壓四方」的家世，有「文斧摩空運，儒工縮手藏」的文采外，又有「道如天未喪，子讓

〔註19〕　劉發：〈廣陵先生傳〉《王令集》（上海：上海古籍出版社，2011 年），頁 384。

世誰當」的道德內涵；因此對於黃莘，除了「時得新詩亦自娛」（〈奉寄黃任道〉）的文章樂趣之外，更是道德上共勉相期的君子：「何日能無寒餓役，此身得與聖賢終……安得相逢共相語，荒城回首又春風。」（〈強顏寄任道子權〉）王令有和他一樣有「萬古聖賢同夢寐」（〈寄黃任道〉）的經世之志，奈何「久諳末俗難謀道」〈奉寄黃任道〉），最後王令「自視久已明，決不事謀蔡」（〈書懷寄黃任道滿子權〉）。世道既如此後有自知之明也不用占卜前程，不如「詩書計出田園後，歲月期收道路餘。安得優遊似濠上，共將談笑戲觀魚。」（〈寄黃任道〉）因此，多次期待黃任道「吾門之達兮，爾可款以入兮。進之不時兮，吾豈不爾待兮。」（〈送黃任道歌〉）共同歸隱修德，又贈〈無衣一首招黃任道歸〉直指心跡。

　　崔公度，字伯易，高郵人，因爲天生口吃而不能劇談，但是有過目不忘之本領。歐陽脩讀到他的〈感山賦〉後，以示韓琦，韓琦上奏英宗，而獲任國子直講，以母老而不就。於王安石當權時獲得重用，但於史書中人格的評價不高：

> 獻〈熙寧稽古一法百利論〉，安石延與語。召對，擢光祿丞，
> 知陽武縣，尋薦御史。公度起布衣，無所持守，惟知媚附
> 安石，晝夜造請，雖踞廁見之不屑也，終直龍圖閣。〔註20〕

對於這種奇怪的行爲，王令說他：「中道時時自笑呼。但怪佯狂輕去俗」（〈贈崔伯易〉）看來性格是佯狂居多。至於史書中因其媚附之言而對其人格有所不齒，但是陸游稱讚他：「仕以行義，止以遠恥，……我思崔公，涕泗橫集。」〔註21〕如果是貪利忘義之人怎不接受歐陽脩與韓琦的薦舉。不過可以知道的是王令與崔伯易兩人年少時「少年樂知聞，喜與客子隨」（〈寄崔伯易〉），彼此情感篤厚，但是「寄聲雖云多，所得竟亦稀」（〈寄崔伯易〉），而且「子有歸資好來比，我方飄泊

〔註20〕　〔元〕脫脫等著：《宋史》（台北：中華書局，1990 年），頁 11152
　　　　　～11153。

〔註21〕　〔宋〕陸游撰，錢仲聯校注：〈崔伯易畫像贊〉《劍南詩稿校注》（上
　　　　　海：上海古籍，1985 年），頁 202。

可嗟勞。」（〈送崔伯易歸高郵〉）兩人生活經濟上明顯差異又隨著認知差異越來越大，互動情況處於被動──「近者忽報書，期我往就之。不知予苦窮，繫此不可離。」（〈寄崔伯易〉），最後感嘆「詩以寄子招，亦以寫我悲。」（〈寄崔伯易〉）可見，這段友情日趨平淡。

（二）與之言志的隱士及平民

王令的交遊對象也包含未任官的隱士及平民百姓，藉由和他們交流的詩文中，王令以詩言志，如滿氏父子──滿父及滿氏兄弟。滿氏兄弟在此指滿建中、滿居中、滿執中，根據《臨川集·揚州進士滿夫人楊氏墓誌銘》：「揚州進士滿溵之夫人楊氏者，著作元賓之女也。有子七人。建中、居中、執中、存中、方中、閎中、求中，皆嚮學。」當時滿氏一族在揚州有名望，而王令早期交遊中，滿氏父子佔了很重要的地位，因為滿建中之故，王令折節閉門讀書。自知己學尚淺而欲與滿氏父子交遊，對滿溵有親切的尊敬：

> 丈人疏高喜自適，去不限約來無時。門無賓僚車馬絕，室
> 有几杖衣冠欹。……嘗聞景勝未易敵，須有大句相參差。
> 故吾經年不敢往，日望詩老力可支。（〈題滿氏申申亭〉）

詩中的滿父形象自由自在，但是這平易中還是使王令「經年不敢往」，應為自己的文學素養不夠而不敢接近，這種期待歡喜又畏懼己卑，同時也可看出滿氏的確是書香世家。王令與滿氏兄弟交遊最久，也最為看重，愛慕之情面對他人也絲毫不假地流露，如〈寄洪與權〉：「揚雖士雲多，往往事冠帶，中間滿夫子，崛出百萬最。」這裡把滿氏兄弟推舉到眾人之高，可與「才高八斗」的曹植相與媲美了。

長子，滿建中，字粹翁。對王令來說是亦師亦友，在〈送黃莘道父揚學序〉中說到：「令嘗師處之，而粹翁許我則友也。」年少輕狂的王令在「憶初從粹翁，睡耳忽得提，震驚破百昏，寐覺悼前迷。」（〈謝李常伯〉）而發奮讀書後，「心愛滿夫子，論師不敢交」（〈寄滿粹翁〉），因為「吾雖有心者，力苦未能攀。」（〈寄滿粹翁〉）雖然彼此的唱和不多，但由衷推崇的態度可見其地位與影響。

　　次子，滿居中，字衡父。王令與其交往是「縱談心開張，倒笑冠敧披。」（〈寄滿居中衡父〉）離別之後更加懷念以往與滿氏兄弟相聚：「何時玉手歸重搦，笑倒秋醪瀲灩紅」（〈寄衡父滿翁〉），甚至鬱悶與無奈要「此心須見子，不敢向人歌。」（〈寄滿衡父〉）關係雖不像與粹翁一般師徒相稱，但是從「文章每借觀，罅隙窺晴曦。議論使坐聽，穴矖聞英池。」（〈寄滿居中衡父〉）也曾實際指導過王令，而彼此情感融洽更是不待言的。

　　三子，滿執中，字子權。王令年少時逞勇於鄉里而令鄉人敬畏，唯獨執中曉以直言，認為所作似是而非、勇而無禮，使之遷過向學。王令與之唱和最多，如〈答問詩十二篇寄呈滿子權〉，又〈寄滿子權〉。雖是詩篇，但是各自化身為龍、水車、鎛、耒、斧等相互問答，表達濃厚的趣味與相唱和的友誼，尤其在別離方面，對於彼此都是深刻的思念，如「高樓暮插晴空肋，東望君心著翅歸」（〈寄滿子權〉），這種熱切的思念與直接的情感訴求都是代表兩人的深厚情誼。也因此二十二歲的王令在天長束氏授業已經三年，感懷己志未達又故人久別，因而寫出：「三年客夢迷歸路，一夜西風老壯心。欲作新聲寄遺恨，直弦先斷淚盈琴。」（〈秋日寄滿子權〉）儘管內容有時偏向牢騷，但另一方面彼此抒懷情感的唱和正是至友深交的表現，也是王令心靈的寄託。

　　因此對於滿氏父子，王令是把他們當作楷模來學習，自己則謙為學生而不敢自誇才學，而謂「大非友宜當，實可師而傚。我愚不敢望，時以管覷豹。」（〈客杭思李常伯滿粹翁及衡父子權因寄此〉），在〈答李公安〉中曰：「自古名士紛如毛，多見博帶裳衣褒。如其可學不可逮，三滿夫子皆儒豪。」把三滿稱為「儒豪」是極高的推崇，因為「今之腐儒不可治，欲近俗氣先腥臊。」（〈寄王正叔〉）王令對於這些腐儒發表的「尋常語」不僅覺得俗不可耐更是「視如秋月鳴蜩螃」（同前註）一樣只會聒噪而言之無物。另外從三滿十分崇敬的態度中，也可以知道王令認同的是有才華、有德行的。除了推崇他們的文章，對

於其尊敬皆稱「夫子」，可見對他們已經相當於「師」來對待。

而與束氏父子互相贈達的詩歌中，亦可窺見王令的志向。束丈，姓名不詳，二子為束熙之、束徽之，而王令詩中提及的如束伯仁、束孝先、束蒙初等人應該是束氏家族的成員。王令內心是非常高興能和束氏家族一起生活的。如〈和束蒙初九日不見菊登高〉提到：「從來秋菊不曾栽，敢向西風怨不開。我自傷秋有高興，非關特為菊花來」，賞菊不成則以「從來秋菊不曾栽，敢向西風怨不開」輕描淡寫帶過，倒是和束蒙初登高，將意義是建立在相處的人身上才能遊得出歡喜自適。他也會用詩歌彼此勉勵「咄哉自訟毋自欺，幾希不在穿緣間」（〈自訟答束熙之〉）、「短短固可惜，舒舒定非宜」（〈金繩掛空虛自勉兼示束孝先〉）生在世上當以進德修業為目標。束氏一家對王令來說像是親人一般，皇祐元年時，十八歲的王令就開始到束氏家塾聚學；至和元年時，二十三歲的他才到高郵謀生；至和二年，辭掉高郵學官後，二十四歲的王令又歸附天長縣束氏家塾授業講學，到嘉祐二年，二十六歲的王令才真正離開束氏父子的支持。十八歲的王令，就寫了〈謝束丈見贈〉來表達感激之情，他說「自喜主人仁，不我賢而悖。」而對於自己「死馬偶能逢市骨」的好運，是束氏對他賞識而來的，內心雖知「古來一飯皆論報」這種受人點滴在心頭的回報道理，但是「何日王孫遂有金」？解決這種現實問題的最好辦法就是努力教導束氏兄弟，以為「濫竽常恐負知音」。然而，這只是理想的情形，實際的狀況可以從〈答束孝先〉得知：

> ……，君家兄弟賢，我見始驚駭。文章露光芒，藏蘊包叢脞，關門當自足，何暇更待我。固知仁人心，姑欲恤窮餓。……大詩又來及，推與太浮過。自無賢可稱，以是惡甚播。譬如享尫人，豆食止則可。苟強擔石負，蹉跌適足禍。何以論報心，結草效鬼顆。

從詩中可以看出束氏「君家兄弟賢」，已經不是啟蒙階段，「文章露光芒，藏蘊包叢脞」，王令知道「關門當自足，何暇更待我」，更應該說

「當年齠亂偶同門，餬口重來已十春」。所以束氏對於王令是「恤窮餓」，抱持著「仁人心」。這句話不是場面話，端看王令自十八歲起在束氏執鞭五年，後來在高郵謝絕學官一職之後又回到天長受聘，束氏父子一往如故接納王令，代表兩者之間情感深厚，在王令最需要幫助的時候——「祖死不反骨，姊寡歸攜甥。蒼黃無爲謀，嘆慨私失聲」，求助無門的時候讓他能「叩頭屋廈借，解衣鍋蓋廥」，反觀一般世人「身賤人交輕。父戒子勿效，妻引夫無朋」，束氏之於他，就像溺水者緊抓的救生圈一般重要。之後，寡姊欲再嫁時，不能湊足的部分也是透過束氏來幫助，「令以女兄親期甚迫，太平之遺已到，自計尤有未足，輒以書奉於尊丈，……」（〈與束伯仁手書・五〉），一直到事情的進展到了「退歸喜幸，達旦不寐，思遂有所成，宜如何圖報」（〈與束伯仁手書・九〉），事後請求他們「此事不欲人傳，幸秘之」（〈與束伯仁手書・四〉）由此可知王令是何等依靠與信賴束氏父子。

也因此在離開天長的時候，束氏兄弟希望王令贈詩，有〈答束徽之索詩〉、〈令既有高郵之行而束孝先兄弟索余詩云〉，這種行爲應是彼此熟稔才能如此要求，因爲王令對於俗士的不耐煩，就曾寫過「紛紛閭巷士，看我復何爲？來即令我煩，去即我不思！」王令不但沒有拒絕，還寫了一次以上詩句贈答。

從王令的家族可以知道因爲世代當官影響王令的個性狷介有操守，獨立地往來各地。而交遊對象對王令詩歌的影響是讓他漂泊的靈魂有個靠岸，藉由詩歌唱和與彼此思念，讓王令從不安與困頓有喘息的空間、將懷疑與沉淪驅除信仰之外。

第二節　王令詩歌的題材與內容

詩人本著初衷，除了用優美的文字、動人的音韻來表達喜怒哀樂之情，重要的是他所取材的對象是挑選過的、篇章是裁剪過的、字句是精煉過的，將這些用生命組成的篇章分類，詩人的情感與思想就更

加突顯出來，我們也就可以藉此了解王令的詩歌特色與人生主張。這些題材內容依照王令的生命活動——從現實生活到思想活動，將相類似的主題匯聚成同一類，故按照《文苑英華》﹝註22﹞分類有酬和寄贈、懷古詠史，有不足的則參酌楊良玉的《王令詩研究》中的分類：將傷春悲秋併爲一類、詠物詩爲一類。王令另外有純粹紀錄天象與江海的作品，則歸類爲其他。

一、傷春悲秋的情懷

　　詩人用細膩的眼觀察生活，處處有體悟是毫無疑問的，但爲了不像猛水氾濫到無疆無界，詩歌的生活體悟有一部分是關於自然景物有感，另一部分是關於人文社會的關懷。春天是生機歡樂季節，王令卻是歡愉不到眼底；秋天則是衰敗、雁歸的季節，隨著年歲過去，他心中惶惶不安之時也將情緒藏在詩篇中。王令彷彿是一位導演，藉由詩中意象之運鏡，掌握詩之感情傳遞。

　　王令因生活貧苦、理想才能未能實現，心中常懷愁困，對於春華秋實等自然景色所產生的感受，也偏向負面想法，如〈春遊〉一首明白表達其立場：「春城兒女縱春遊，醉倚層臺笑上樓。滿眼落花多少意，若何無個解春愁」(〈春遊〉)春遊本是美好的、愉悅的，王令卻認爲無人能解春愁。因此，在春天的景色中，在他的眼所觀察到的，只有喧鬧。在〈春興〉中，亦描述他自己無處可排除的春愁：

眼前紅綠日加增，欲遣春愁興未能。安得好花渾自實，使無閒地得生荊。欲圖長醉貧無計，起逐東風懶不勝。芳草斜陽正柔媚，益知高處不堪登。

在一片春意瀰漫的景象中，王令沒有春光浪漫的遊興，卻有滿腔無法排解的愁緒。想借酒澆愁卻礙於家貧，欲追逐東風卻懶於行動；因此當大家在春日登高賞玩美麗的春景時，王令卻說高處不堪登，否則滿

<hr />

﹝註22﹞　〔宋〕李昉：《文苑英華》，《欽定四庫全書》冊 1334，（臺北：臺灣商務，1983 年），頁 15。

目春色只會平添愁意。這是他與一般人對於春天不同的感受。然而，並非所有春景都是如此令人哀思，在〈春晚〉中，這暮春三月的景致被他信筆拈來，在一片愁思景致中，卻有著一絲希望：「三月殘花落更開，小簷日日燕飛來。子規夜半猶啼血，不信東風喚不回。」雖然，暮春時節花兒謝落，但他深信仍有再開出新花的一日；杜鵑半夜三更還在悲鳴，作者相信春風終究會被感動，再讓春光回大地。在這一片暮春淒清的景象中，詩人相信只要堅持，終能換回一片生機。

蕭穆的秋天，讓王令興起許多憤慨及愁緒。在〈秋日感憤二首〉之二中即可看出其因秋日而生的感慨：

> 坐睨歸鴻起自嗟，西風吹落淚痕斜。聚書老懶堆塵楮，利
> 劍寒酸蟄鐵蛇。自是臥龍猶戢角，浪嗟穴虎向生牙。從來
> 思擲班傭筆，況是西山舊有家。

當他在秋日獨自坐看歸鴻時，想到自己際遇不佳、壯志未酬，愁緒頓時滿溢。明明自己就是飽讀詩書，擁有滿腔為國為民的熱血，卻不受重用，不禁淚如雨下。而在〈悲秋〉一詩中，王令先由事而人，由異而己去抒發其悲傷愁緒：

> 歲事荒涼覓易悲，西風日夜弄寒威。秋來寡婦尤勤織，誰
> 是行人未有衣。常恐衰顏隨節換，空看落葉倚風飛。從來
> 最是悲秋者，況是悲秋客未歸。

藉由該是秋收的季節，卻是歲事荒涼而起愁緒；隨著秋風瑟瑟的吹，寒意也讓守著歸人的婦女勤織衣，深怕等待的伊人未有禦寒衣物。王令由婦人的行為思及路上行人，再思及自己，已是感懷悲秋的心，更不堪客居他鄉的離愁侵蝕。

這秋日的蕭穆，讓王令感嘆年歲之荒涼，不僅悲人也悲己。在〈秋興〉中寫道：

> 秋風吹人有高興，醉懷感物傷盛衰。秋來縱得蒿艾死，歲
> 晚已非蘭蕙時。哀歌不入俗耳聽，大笑自與萬古期。長鴻
> 冥冥爾飛好，雖有繒繳安所施。

王令對秋景是強顏歡笑，因為秋風涼爽令人興致高昂，但是他自己卻

是感傷盛衰轉眼又過去了，就算蒿艾都枯槁死亡了，年歲將晚也不是
蘭蕙所能生存的春天了。這裡面用了兩個對比的隱喻，一個是以蒿艾
草來比擬做小人，蘭蕙來比擬做君子〔註23〕，就算小人都將凋零，但
是時局已是強弩之末，亦非君子之時也。大唱悲哀的歌曲不受世俗人
的喜愛，只好大笑希望自己與萬古一樣。他在詩中的表現都是用反筆
寫感情，因爲理想要繼續堅持下去、志向不與世俗一樣而愁緒滿懷。
最後，王令只能用「長鴻」來做弦外之音，燕雀安知鴻鵠之志的譬喻
來說明飛往大道的路上，孤獨也是自己選擇的，好好把路走完才是所
要關注的。

在人文關懷方面，王令亦以詩歌記錄生活中的所發生的各種事情
之體悟，如〈不雨〉：

> 去歲秋霖若決川，今春不雨旱良田。道邊老幼饑將死，雲
> 外蛟龍懶自眠。赤日有威空射地，清江無際漫連天，誰將
> 民瘼戔雙闕，四海皇恩一漏泉。

對於收成不好之年歲，王令發出感嘆，明明去年秋天雨水充沛，甚至
過多；然而今年春居然久旱而使人民遭受飢饉之苦。對於這樣的現
象，王令既悲憫卻又無奈，只能將其渴求雨水、讓人民免遭旱災之苦
的想望寄託於文字之中。此外，春疫所造成的傷害看在王令眼中又是
另一番感觸，在〈聞哭〉一詩中他如此寫道：

> 冬溫春疫早，死者晨滿街。但聞哭子悲，不聞哭母哀。老
> 慈愛益深，壯剛氣則乖。嗜欲奪天性，情恩佔妻孩。詩三
> 百具存，聲已亡南陔。人情古不美，況復嗟今哉。

王令不僅記錄了春日爆發瘟疫的慘狀，更由這些悲切的哭啼中體察到
社會現象，由詩中所言：「但聞哭子悲，不聞哭母哀。……。人情古
不美，況復嗟今哉。」可見王令察覺到從古至今的孺慕之情遠不及舐
犢之情，藉筆寫其對於此現象的體悟。除了悲憫疫情所造成的傷害

〔註23〕　見《論語・顏淵》：「君子之德風；小人之德草；草上之風，必偃」。
　　　　〔宋〕朱熹：《四書集注》（臺北，世界書局，1963 年），頁 138。

外，王令更深一層體悟到親子之間不平等的愛。甚至在貧病交迫之中，王令聽聞盜賊之事，仍提筆寫出自己的感嘆，如〈聞邕盜〉：

> 病中雙淚語前流，藜藿無端肉食憂。常嘆平時輕死士，未知誰手付天矛。好將弓劍隨軍去，況是英雄得志秋。若使班超終把筆，由來何路取封侯。

病中的王令在聽聞盜賊之事，竟憂心起富貴人家的安危，從而有所感悟。王令輕視士人，認為士人才能經世濟民的想法太過狹隘；若無如軍官將領執干戈保衛社稷，百姓哪有太平安穩的生活？無怪乎班超會投筆從戎，替國家盡一份心力。王令對於生活中所發生、聽聞的事情，藉由詩歌將其體悟一一寫下，不僅只限於情感的抒發，更有許多的社會關懷在其中。

二、詠物詩

在王令的作品中，常見藉物說理的詩歌，如經典的〈原蝗〉，便是就由蝗蟲之害來暗諷官府對於百姓疾苦的視若無睹：

> 蝗生於野誰所為，秋一母死遺百兒。埋藏地下不腐爛，疑有鬼黨相收持。寒禽冬飢啄地食，拾掇穀種無餘遺。……吾思萬物造作始，一一盡可天理推。四其行蹄翼不假，上既載角齒乃虧。夫何此獨出群類，既使躍跳仍令飛。麒麟千載或一見，仁足不忍踏草萎。……天公被誣莫自辨，慘慘白日陰無輝。而余昏狂不自度，欲盡物理窮毫絲。要袪眾惑運獨見，中夜力為窮研思。始知在人不在天，譬之蚤虱生裳衣。捫搜別撥要歸盡，是豈人者尚好之。然而身尚不絕種，豈復垢舊招致斯。魚朽生蟲肉腐蠹，理有常爾無何疑。誰為憂國太息者，應喜我有原蝗詩。

作者藉由此詩追究蝗害的根源，發現無知的百姓與天氣都是造成蝗蟲氾濫的成因，他仰面問天，是否是老天爺對人事的不公？然而，天公無法自辯，只是一片白日無光；詩中作者為了探求其根源，又是一陣苦思冥想，沒想到他發覺了其中的道理，此蝗害之根源是「在人不在

天」。作者藉由探求蝗害根源為主題，點出官府對於災害的忽視與無所作為，讓大家明白是統治階級的腐敗，才讓人民陷入疾苦。另一首〈夢蝗〉更假借蝗蟲之口，尖銳地披露出統治者的腐敗、凶暴：

> ……發為疾蝗詩，憤掃百筆禿。……夢蝗千萬來我前，口似嚅囁色似冤。……蝗曰子言然，予食何愧哉。我豈能自生，人自召我來啜食。借使我過甚，從而加詬爾亦乖。嘗聞爾人中，貴賤等第殊。雍雍材能官，雅雅仁義儒。脫剝虎豹皮，借假堯舜趨。齒牙隱針錐，腹腸包蟲蛆。開口有福威，頤指專賞誅。四海應呼吸，千里隨卷舒。割剝赤子身，飲血肥皮膚。噬啖善人黨，嚼口不肯吐。……此固人食人，爾責反捨諸。我類蝗名目，所食況有餘。吳饑可食越，齊餓食魯邦。吾害尚可逃，爾害死不除。而作疾我詩，子語得無迂。

作者藉由蝗災事件入筆，先寫蝗災之肆虐的慘景，再寫農人的無助及悲痛；藉此疾筆書寫疾蝗詩，寫出詩人對蝗蟲的憤恨之情。然而，蝗蟲居然入夢來辯解，透過蝗蟲之口，將官府的腐敗及政治的黑暗一一批露。王令藉蝗災一事，更深刻的說明人民的疾苦及統治階層的壓榨及剝削，讓大家能夠進一步去思索埋藏在災害背後更深層的原因。並以此表達其抗議及諷刺。

此外，王令在描述事物時，亦常有因物抒懷之作。如〈慈竹〉：

> 不求丹鳳食，不學景龍吟。自有慈仁意，相依歲月深。潛符君子道，可媿世人心。徒爾秋郊外，青青數畝陰。

詩人藉由詠竹，歌頌君子的品德，能夠謙虛而求仁道，並擇善固執，不為外在因素而存在，只求自我的修為。就如同《孔子家語·在厄》：「芝蘭生於深林，不以無人而不芳。君子修道立德，不謂窮困而敗節。」〔註24〕而〈雁〉一詩中，則藉由秋雁抒發自己久居為客，為生活困阨而悲嘆：

〔註24〕　魏·王肅撰注：〈在厄〉《孔子家語》（臺北：中國子學名著集成編印基金會，1978 年），頁 209。

> 萬里長爲客，飛飛豈自由。情知稻梁急，莫近網羅求。關
> 塞風高夜，江湖水落秋。哀鳴徒自切，誰謂爾悲愁。

王令所感嘆的悲秋並非是無端愁緒，而是發自內心的悲苦；王令以雁鳥自喻，雖看似自由，但背後的艱辛卻難爲人知。全詩藉由秋雁抒發自己流落他鄉且受困於貧苦的窘境。

三、懷古詠史

　　王令以韓愈爲模仿對象，所作詩歌有「以散文爲詩」、「以議論爲詩」的特色，尤其是讀書後對於內容進行反思、再次評價，也常常以古鑑今來加強自己的論點。

（一）詠史──對人物的評論

　　王令在〈武侯〉對於諸葛亮的立論是「平時胸腹能多少，且與群兒梁父吟」，才能再高也可能引來功高震主，不如早早身退保全自己。王令還想像自己如果是孔子，離開趙國時還能從誰而發出慨歎，寫下了〈陬操〉這一篇騷體詩：

> 行曷爲兮天下，老吾身而不歸。人固舍吾而弗從，吾安得
> 徇人而從之。昔所聞其是兮，今也見之則非。 嗟若人之弗
> 類，尚何足以與爲。彼天下之皆然，嗟予去此而從誰。 信
> 亦命已矣夫，固行兮而曷疑。

以自己的口吻寫孔子的處境無奈，「彼天下之皆然，嗟予去此而從誰」這一句也間接道出王令的心聲，天下無道而自己能以甚麼當作前進的目標。〈孟子〉：

> 孟子不肯比伊尹，仲尼方可期文王。 聖賢自得固厚重，庸
> 俗始以己較量。微生喜以佞面詆，臧氏惡非禮所當。惜哉
> 二子不自重，以人可否何不詳。

一開始說孟子認爲比不上伊尹，孔子期望能與文王一樣，這些聖賢本來就德高望重，庸俗世人用自己來較量是不自量力的。這一首詩前半段是寫孔孟聖賢，但是後半段是對於微生和臧氏「惜哉二子不自重」的評斷，兩人都有優點但是無法自重而與孟子、孔子等聖賢有了高下

之分〔註25〕，最後以兩人爲例認爲「以人可否何不詳」，讚許不贊許怎麼可以不詳細明辨呢？王令對於〈叔孫通〉的評論採用翻案詩的手法：「弟子從來學未純，異時得失亦頻頻。一官所買知多少，便議先生作聖人。」他批評叔孫通買官這種作法並不符合聖賢之道，又怎能稱他做聖賢？這也是對於現實的譏諷，宋代的買賣官職是公開的、合法的，不論文武官都可以花錢入仕〔註26〕，官員的品格與道德實在經不起考驗。〈書孔融傳〉寫孔融的浮誇的一生：「戲撥虎鬚求不嚙，何如縮手袖中歸。虛云坐上客常滿，許下惟聞哭習脂。」孔融敢像虎口拔毛一般不把曹操放在眼裡，像〈與曹公禁酒書〉就敢勇於頂撞禁酒，但是結果爲何是「縮手袖中歸」。浮誇自己家中經常賓客滿座的孔融，在許下被殺之後，也只有習脂爲他勇於悲泣而不怕受連累。王令書寫的孔融是與他完全不同性格的文人，王令自己謹言愼行、交友厭惡泛泛之交，對他來說孔融是不足取的。

（二）抒感——讀書詩的心得創作

讀書詩內容包羅萬象，張高評主張讀詩詩的寫作大致可分爲讀後感寫作、閱讀寫作、書評寫作、文學鑑賞寫作等等〔註27〕，王令的詩多是寫讀後感，〈讀商君傳〉內容是針對商鞅和趙良的對話典故來抒發：「利害從來識所存，固難輕重與人論。趙良不自身爲客，剛欲都君使灌園。」商鞅問趙良自己令秦國脫離夷狄，使男女有別，分居而住，又建造宮廷城闕，與魯衛相同，和五羖大夫比起來，誰

〔註25〕 見《論語・公冶長》：「子曰：『孰謂微生高直？或乞醯焉，乞諸其鄰而與之。』」可見微生並不直。《論語・公冶長》：「子曰：『臧文仲，居蔡，山節藻梲，何如其知也？』」臧氏僭越禮而顯得不智。

〔註26〕 〔宋〕林駉《古今源流至論・續集卷五》：「淳熙（宋孝宗）之君曰：『理財有道，均節出入足矣，安用輕官爵，以益貨財。……」《景印文淵閣四庫全書》冊942，（臺北：臺灣商務，1983～1986年），頁410。

〔註27〕 張高評：〈北宋讀詩詩與宋代詩學——從傳播與接受之視角切入〉《印刷傳播與宋詩特色》（台北：里仁，2008年），頁333。

的功勞高？因此王令在詩中才說「固難輕重與人論」，趙良勸商鞅歸還封地，為自己留一步退路，隱居田野不問政治。趙良面對位高權重的商君，態度卻是「剛欲都君使灌園」，這一字「剛」代表強烈的立場，但是「都君」高高在上如何肯卑屈自己去「灌園」隱退，趙良把後果說得十分清楚，但不為商鞅所接受。王令認為政治一途何嘗不是如此──君用為貴、君賤為輕，不如早早灌園守趣。評論人物的還有〈讀西漢〉：「漢得孤秦萬弊時，當年丞相要無為。洛陽年少空流涕，誰謂書生果有知。」雖然看似主題是寫西漢，但是詩所圍繞的是賈誼。漢初剛從暴秦接管天下，所以丞相要實行無為而治，但是「洛陽年少」賈誼卻因為自己才學不被採納而暗自流淚，「誰謂書生果有知」一句是評語，一方面是不認同賈誼自視才學過高，一方面也是點出才學依時勢審度才不是流於空談。〈讀東漢〉：「漢鼎重焱逆血熬，當時天子亦勤勞。　不能乘作唐虞計，未會嚴陵所謂高。」是光復漢室經過重重考驗才「逆血熬」，君王也勤於治事，但是「不能乘作唐虞計」不能趁機朝治世前進是令人可惜的。

　　〈讀老杜詩集〉這一首令人讚賞的詩，是表達自己對杜甫的崇拜：

> 氣吞風雅妙無倫，碌碌當年不見珍。自是古賢因發憤，非關詩道可窮人。鐫鑱物象三千首，照耀乾坤四百春。寂寞有名身後事，惟餘孤塚來江濱。

一開始就稱讚杜甫的詩風雅雄壯、無人出右，當時卻不受到重視。也因此激勵古代聖賢更加努力，並不是因為「詩道」令人貧困。杜甫刻畫物象的三千首詩精妙絕倫，「照耀乾坤四百春」。但是現在的杜甫縱然天下負名，也只能剩下孤墳讓人憑弔。〈讀白樂天集〉也是對白居易的讚賞，但是還有一些王令自己的意見：

> 北邙山下一孤墳，流落三千綺麗文。後世聲名高白日，當年榮利等浮雲。屏除憂憤歸禪寂，消遣光陰在酒醺。若使篇章深李杜，竹符還不到君分。

與前一篇相反的順序來寫，先寫孤墳再到生前。白居易留下的「綺麗文」在後代受到很高的評價，和當年的榮華利祿像浮雲一樣，詩人選擇「屏除憂憤歸禪寂」，把時間消磨在酒裡。王令對白居易的評論是：如果能把心思放在詩文上，學習李杜的深厚，那麼「分竹符」這種為官之途也就與你無干了〔註28〕。

四、酬和寄贈

詩人之間的唱和贈答雖是宴飲作答、賞景書懷、應邀酬唱，卻可以藉由詩中的主題和類型來討論作者與其交游對象的思想，有的是辯答明智，有的是意趣相樂，更有的是規箴勸戒。王令的酬和寄贈詩可分政治的批評、隱居的嚮往和人事的感觸。完全針對主題歌頌而不發過度議論的，有〈次韻和人古松〉與〈和人雙柏〉兩篇，內容都是對於古樹的蒼老與不為人伐的難得作為發想。

（一）政治的批評

王令的唱和詩有不少是對於時事的大膽議論，例如〈和洪與權〉說的是逃民，人民逃離居所的原因沒有紀錄，但是對於逃民的慘狀有著生動的描述：

> 溝中老弱轉流尸，夫不容妻母棄兒。常得民愚猶是幸，不然死等更何為。布衣空有蒿萊淚，肉食方多妄馬思。君也天心省民數，未加死所又何辭。

在逃亡中的慘狀讓生離死別更加深刻，看著道死路旁淪為溝中瘠的老弱、為生存而無法保全人倫的離棄，詩人心痛不已地說了「常得民愚猶是幸」這句反話。實際上，人民的愚昧讓詩人感到不幸，因為他們不知道自己身處顛沛危難與遭逢災荒的時候，還有權貴大官依然是「肉食方多妄馬思」的享受。所以王令對於君主的期望是他能悲憫這

〔註28〕 見蘇軾〈皇兄令史贈博州防禦使傅平侯制〉：「故具官令史，端厚有常，靖恭寡過，生不勤于保傅，沒見思於族姻，宜分竹符，就賜茅社。」可知分竹符指的是當官。《蘇東坡全集》（台北：河洛圖書出版社，1975年），頁621。

些老百姓，而不是僅僅一個身處草野的布衣留下同情的眼淚。這種大膽到不怕得罪權貴與君王的詩句，是王令最真誠的表白，他也是平民，所以寫出了尋常百姓的心聲，所以一下雨，發出的感嘆都是為農人而作。〈和束熙之雨後〉：

> 獵獵風吹雨氣腥，誰翻碧海踏天傾。　如何農畯三時望，只得官蛙一處鳴。何處斷虹殘冷落，有時斜照暫分明。　當車收轍雲藏跡，依舊晴空萬里平。

有對於官民不平等發出抗議，他說從春、夏、秋三時〔註29〕等了那麼久的雨下在農田，為何「只得官蛙一處鳴」；又〈和人久雨〉：

> 拂拂春郊起綠煙，群農日日望豐年。　龍移海去遺天漏，蚓得泥深樂地穿。憶酒有心吞俗價，傷春無語寄哀弦。　無田卻作無憂者，贏得豐凶一聽天。

詩裡群農每日盼望能得豐年，然久而不雨實在是不可能豐年，這種「望」讓王令只能「贏得豐凶一聽天」。由以上可知，王令如與人唱和詩歌，又內容涉及政治的詩歌，多是以時事入詩，再議論自己的感想，所展現的是社會詩人的精神。

（二）隱逸的嚮往

王令對於隱逸的嚮往緣由可以由〈和人古劍〉中得知：

> 安知歲月幾經今，傳記汗漫不可尋。得自廢壚埋萬古，失曾飛將購千金。客思秋水龍泉冷，士嘆中原虎穴深。好與壯夫同隱約，鐵房寒澀壁塵侵。

古劍的經歷「傳記汗漫不可尋」，到底出現多久沒人能確切知道。如果沒有被拾獲恐怕早已成為毫無價值的萬古遺物，又有誰知道古劍曾被飛將以千金買下。縱使擁有秋水、龍泉這種名劍，在像虎穴的中原也沒有用武之地。不如與壯士一同歸去，勝過在鐵房裡冷清地等待被蒙上灰塵。這裡用的譬喻很生動，實際上是以古劍譬喻人，既然沒有

〔註29〕　《左傳・桓公六年》：「絜粢豐盛，謂其三時不害而民和年豐也。」杜預注解為：「三時，春、夏、秋，此皆務農之時。」楊伯峻：《春秋左傳注》（高雄，復文圖書，1991 年），頁 111。

發揮的餘地，不如早早隱居勝過年華老去只能等待生命結束。王令以古詩勉勵朋友也勉勵自己，既然是刀劍就要有所發揮，壯年時就要努力朝目標邁進。但是為了生活，王令對朋友的訴苦是感慨是身不由己的苦衷，例如〈答劉仲美〉、〈和人孤雁〉中都有提到生計問題。〈答劉仲美〉：

> 茫茫晴川水，寥寥病客舟。來隨風浩蕩，去逐雨淹留。生計梁邊燕，歸心海上鷗。 多慚故人句，歌臥一長謳。

寫自己生病客舟中飄盪淹留，就算「歸心海上鷗」，但是，為了生計被迫只能當「梁邊燕」。另一首〈和人孤雁〉亦有類似之情形：

> 朔磧雲深憶舊行，心驚漢月忽騫翔。 江南水闊無天地，漠北沙寒有雪霜。遠目送飛沉暮靄，西風吹影過斜陽。 衡南未到歸何日，須信張羅近稻粱。

詩中的主角孤雁面對獨自飛行，有往來「江南水闊無天地，漠北沙寒有雪霜」的困苦外，再加上生活必須的支持，用「須信張羅近稻粱」作結，表示就算自由自在還是要冒著風險投身在可能有人類陷阱的稻粱旁覓食。所以隱逸只能是王令與朋友在詩文討論時的理想狀況，實際上為了生活常常得身不由己地屈就。王令作客他鄉只落得「夢枕幾年懸客淚」（〈和人促織〉），朋友之間已經「渭川人去事難尋」（〈和人放魚〉），能否相聚已是未知數，更遑論能彼此共同攜手隱居江湖。

五、其 他

王令的詩歌中，自然景象的紀錄也佔了重要的一部分。他對於自然景象有著不同於凡俗的想像，信手拈來便是一首令人驚嘆連連的豐富詩歌；對於晚景彩虹的描述，便帶有豐富的想像力：

> 晚虹隨雨過山巔，誰插青雲倒掛懸。可惜兩垂空到海，不令一直徑沖天。不堪暮靄難相蔽，常到斜陽亦可憐。好使渴來能劇飲，且教溪壑減清淵。（〈晚虹〉）

傍晚彩虹隨著雨後而出現，原本彎彎下垂的彩虹，王令卻惋惜地說它居然無法直衝雲霄天際，打破了一般人對既有自然現象的想像。接

著，他再發揮想像力，將彩虹與斜陽共存之景，以擬人手法想像成晚虹受到陽光照射口渴不已，於是拚命喝水，連溪壑的水都因此而減少。這是將彩虹彎曲的外型聯想，讓人讀來不禁讚嘆其想像力之豐富。

　　此外，王令身處自然之中，所體悟的境界常和凡俗不同，詩歌中亦常見雄偉壯闊之筆，如〈山中〉一詩：

> 山中亦有出山路，山人自不與世通。拂衣起行飲流水，枕
> 書就臥聽松風。地寬江河競搖蕩，天闊日月爭西東。乾坤
> 自爲四時役，萬事不到幽人胸。

寫山中所見之景，其眼界和世俗即有所不同。一般人認爲隱居於山中，是被隔離於世俗之外，感覺上生活單調而狹隘；但王令確認爲山中的生活悠閒，其遼闊悠遠的境界是不爲人知的，故他說「地寬江河競搖蕩，天闊日月爭西東。」如此寬廣無際的天地，不只是心境上的，也是生活在其中的山人之世界。王令寫其廣闊境界，其筆下文字都帶著雄偉壯闊之姿，如在〈登郡樓〉中，他眼中所見的江景是：「江海扁舟萬里天」、〈登瓜州迎波亭〉中其所見爲：「海面清風萬里寬」、〈對月〉中感受到的寒意與月光：「柳梢地面絕微風，一片寒光萬里同。」這些遼闊無際的自然景象，皆源於王令有著不同於俗的眼界，故能擁有此雄偉幽廣的意境。

　　然而，王令的自然紀錄詩歌，也不乏平淡歸眞的作品。如，寫雲起的狀況，他如此描述：

> 淨淨輕雲弄落暉，壞簷巢滿燕來歸。小園桃李東風後，卻
> 看楊花自在飛。（〈淨淨〉）

詩人以白描手法，寫雲起餘暉之景，滿燕歸家、東風吹拂，一片楊花隨著風而起舞，景色寫來清新宜人，雖無使用典故與華美詞藻，卻讓人讀來餘韻無窮。對於江上之景，王令的描述亦讓人感受到悠閒自在的淡然：

> 羃羃江城沒遠煙，暮雲歸族忽相連。春江流水出天外，晚
> 渡歸舟下日邊。杏萼春深翻淺纈，柳花風遠曳晴綿。無錢
> 買得江頭樹，輸與漁人繫釣船。（〈江上〉）

詩中王令將江上所見之景一一記錄，由遠而近，從景到人。先寫被煙密密覆蓋的江城及遠處一片暮雲，再寫日晚隨著江水歸家的舟楫，最後眼前隨風翻飛的柳花。一幅自然漁家樂的景象就這麼被詩人勾勒出來。王令以樸實的筆法，將景色細膩描繪，讓人感受到其詩清新淡遠的一面。在自然記錄部分，不論是令人驚嘆的創意想像之作，或是筆觸廣闊的境界，甚至是樸實細膩的白描手法，都是王令在詩歌在自然記錄方面，極富特色的部分。

第三節　王令詩歌的修辭技巧

王令在詩詞創作上，除了憂國憂民的社會關懷使得詩歌極具價值外，其在修辭技巧的運用，也令人耳目一新。王令善用修辭技巧，使其詩句極具形式之美；讀者透過詩句，不僅能藉由文字藝術的優美運用感受詩義，還能加強讀者對於其詩的情感理解，令人讀來備覺感同身受。在王令詩歌中鮮明可見又充滿特色的修辭技巧為：譬喻、擬人、類疊，筆者就此三方面試析論之。

一、比喻豐富

譬喻是概念溝通、文化傳承的媒介，甚至我們的生活中處處充滿了譬喻，在《我們賴以生存的譬喻》就如此提及：

> 由我們肉身體驗所處環境而生的譬喻，以及那些由文化傳承而來的譬喻，卻形塑了我們思維的內容以及思維方式。如果沒有譬喻，我們便無法以適當的方式來表述哲學、倫理、政治或宗教觀點。簡言之，我們對文化的理解大都是經由譬喻而界定的。〔註30〕

王令藉由譬喻將抽象的化為實體、將內心的表露於外、對於所見的具體描述，我們透過這些描述除了得到更生動畫面外，誇飾、轉化亦是

〔註30〕　見雷可夫，詹森《我們賴以生存的譬喻》（台北：聯經，2006 年 3月），頁 9。

建立於此基礎點上，然後最重要的是王令情感的表達、儒家觀點的強調都是由譬喻作爲開頭。藉由這些想像豐富的譬喻讓王令的思想、文采輕易地顯現，研究時也穿越了時空與語言的藩籬，展現王令的詩歌之美。

（一）寫　人

對於自身貧困、有志難伸的境況，王令在其詩歌中曾有多次描繪；面對如此飢寒交迫的窘境，他仍不改其對文學的熱愛及社會的關懷。他曾以秋蟬爲喻：

> ……自笑如秋蟬，飢極不止噪。努力排韓門，屈拜媚孟灶。惟此二公才，百牛飽懷抱。我如餓旁者，盼盼不得犒。　不知去幾多，窮行究未到。……。（〈答束徽之索詩〉）

運用貼切的譬喻，讓自己的貧困與對文學的堅持淋漓盡致地表達出來。在商意肅瑟的秋日，僅有薄衣蔽體的秋蟬，還得經歷更嚴寒的冬季；然而它毫無畏懼，也不因此躲在樹叢中避寒，而是堅持面對自己的宿命，在濁世中獨鳴。王令透過秋蟬的意象，展現出自己的執著與士人獨醒的任重道遠之精神。然而，這樣飢寒交加的生活，也有屈服於現實的時候，在答友人的詩中，他就如此提到：

> ……豈將六尺軀，賤易五羖皮。但無百畝田，得抱剛氣歸。年來事窮躓，露暴無自依。姊寡不能嫁，兒孤牽我啼。平生事文字，無路活寒飢。勉從進士科，束若縛襁兒。時時忽自笑，往往窮加悲。有如高飛鳥，中路飢自低。……。（〈答黃薮富道〉）

對於自己志於立書著述，卻因此走投無路，只落得寒與飢的下場，他也曾試著去考取功名，求取官位；然而，這不但未使他家境改善，反而讓自己更無助。詩中以「縛襁兒」自述，將其無可奈何的窘迫深刻描繪出。而無法改善境況的困境，讓他自嘲自己像高飛鳥，再有志氣，也終得爲了覓食活命在途中低飛；生動地把他迫不得已得向現實屈服的悲哀一一展現。但士人的清高自許仍是他不忘的堅持，在其詩中亦

可窺知一二：

> 擊劍高歌四顧遐，男兒何事繫如瓜。蛟龍不是池中物，燕
> 雀烏知隴上嗟。（〈秋日感憤二首〉之一）

將自己比喻成蛟龍，現雖困於池中，卻不影響其鴻鵠之志；詩句中更將世事比喻成瓜，雖然令人困頓的境遇眾多繁瑣，然而志氣昂然的男兒，應是揮劍斬斷這些惱人的外在因素，不讓自己的志節受其影響，不讓內心如懸瓜一般忐忑。更重要的是王令藉由瓜的比喻，巧妙暗引「吾非匏瓜豈不食，身懷抱負志不遷」〔註31〕，空有才能卻無法發揮，讓他對於現況牢騷外也帶有自我期許。

（二）寫　事

王令對於事的敘述，常常利用靈活生動的譬喻修辭，讓文意更清晰鮮明。如寫其友人赴舉一事，他如此描述：「傳言天子詔，士得四方赴。來如鵲翅翻，去若蠅頭聚。」（〈送李公安赴舉〉）他將赴詔的友人比喻成鵲鳥展翅翻飛，鵲鳥自古即是一種吉祥之鳥，其鳴聲被視為一種喜兆；再者，鵲翅翻飛即若鴻鵠展翅，是欲實現自己志向之兆。赴舉這件得志喜事就隱含在此譬喻形象之中。然而，世事有聚必有散，正反兩面總是相隨，在如虎的君王身邊做事，須小心謹慎，並提醒友人功名利祿如蠅頭蝸角總是虛。對於士人命運的慨歎，王令曾如此敘述：「世網掛士如蛛絲，大不及取小綴之。」（〈贈慎東美伯筠〉）讀書人若未能飛黃騰達，則會被如蜘蛛網的世間纏繞其中。利用蛛網的形象，把世事的現實無情及命運無法擺脫的樣貌，生動展現。

在其身為士人獨醒於濁世的堅持與現實無情的摧殘中，王令也不禁發出悲鳴：

> ……歸來就羈銜，外慮日已侵。適時愧非才，對客輒自瘖。

〔註31〕 《論語・陽貨》：「佛肸召，子欲往。子路曰：『昔者由也聞諸夫子曰：『親於其身為不善者，君子不入也。』佛肸以中牟畔，子之往也，如之何！』子曰：『然。有是言也。不曰堅乎，磨而不磷；不曰白乎，涅而不緇。吾豈匏瓜也哉？焉能繫而不食？』」〔宋〕朱熹：《四書集注》（臺北，世界書局，1963 年），頁 177。

> 譬如火炙膚，暫忍久莫禁。……。（〈寄孫莘老〉）

詩人心中雖然志向堅定，但是外在憂慮日漸侵蝕心志。面對目前無法發揮己才的局勢，雖然強忍不對客說，但是像火燒皮膚一樣，終究是無法忍噤不出口的。此處以「火炙膚」為喻，將他對於自己處境的窘迫與難堪一一道出——那種由外在皮膚慢慢侵蝕、灼燒的痛，雖不至於一次要人性命，卻讓人疼痛不已，終究會無法忍耐。作者透過貼切的譬喻，讓讀者能更深一層體會其悲痛難耐的無奈心情。因此，面對對他滿懷期許的友人，他如此慨歎：「余獨何為人，乃不忍使遣。有如橫道芻，萬足踏不疑。」（〈寄滿居中衡父〉）詩人認為自己究竟算得上是哪一號人物？讓友人不忍心拋棄不顧。此處將友人的信任比喻成「橫道芻」，是那麼全然而毫無緣由的信任他，縱使歷經千辛萬苦、漫無目的地向前走，仍無懷疑。

（三）寫　物

在描寫物品上，王令運用其獨特細心的觀察，以物喻物的方式，讓物品以詩句方式栩栩如生展現在讀者眼前。如在描繪稀奇罕見的石屏時，他如此描述：

> ……我嘗客坐例一見，實亦可愛小且奇。初疑秋波瑩明淨，魚子變怪成蛟螭。鱗鬣爪角尚小碎，但見蜿蜒相參差。又如開張一尺素，醉筆倒畫胡髯髭。……。（〈寒林石屏〉）

先以「秋波」為喻，將石屏的明淨晶瑩的光澤生動勾勒出來，然而乍看之下的明淨秋波中，卻見魚子幻化成蛟螭，原來細看光華亮澤的石屏上，有著樹林跡痕，其樹枝伸展如鬚爪角，小小細碎不明顯，但細看這平凡的石屏，就如同傳說中的動物般珍奇。而這蜿蜒參差的寒林石屏，王令又以繪滿髯鬚的一尺素來比喻，其韻味如醉筆倒畫，充滿著藝術感。

描寫河流部分，王令善用譬喻手法把江河的奔騰磅礴之氣勢，描繪的精彩萬分。其長江之流的描述如下：

> 長河之流幾萬里，駭若瀉自天上來。奔湍衝山拔地走，直

> 有到海無邪回。人之所觀乃流沫，猶以激射憂天摧。想其
> 根源發聲勢，如縱烈火燒千雷。(〈贈黃任道〉)

王令以「駭若瀉自天上來」此句譬喻，道出水流的強盛與磅礴。「瀉」
字用的十分精準，這從天而降的急流，將長河流水的盛大氣勢強調出
來。接著再以人們所見江水的分流比喻成微薄的光亮，而此光亮都足
以讓人擔心其激射足以摧毀天地，更何況是其河水根源之地呢？因
此，王令將長河的源頭比喻爲「縱烈火燒千雷」烈火之蔓延、千雷之
聲勢，兩者合一之景象，其壯麗之景不言而喻。

二、善用類疊

　　在王令《王令集》四百餘詩中，光是類疊修辭的運用就有將近兩
百五十首，其中有擬聲疊字，如：「霧濛濛兮水瀰瀰」(〈倚楹操〉)、「獵
獵風吹雨氣腥」(〈和束熙之雨後〉)、「呦呦草蟲鳴」(〈秋懷〉)；也以
形容疊字詞描摹狀態：「翩翩水中舟，既滿何用載」(〈翩翩水中舟〉)、
「躞躞出何爲，奄奄歸就臥」(〈謝客二首〉)、「山巖巖兮谷幽幽」(〈效
醉翁吟〉)、「氄氄出土初如直，嫋嫋隨風競自斜」(〈去草〉)；或用疊
字詞抒發情緒：「嘻嘻教誨言，舉舉仁義辭」(〈謝李常伯〉)、「擾擾從
俗爲，日與所學戾」(〈中夜〉)、「昔來何悠悠，今去亦泛泛」(〈離高
郵答謝朱元弼兼簡崔伯易〉)；此外，類句的運用亦所在多有：

> 煜煜夕日，逝何忽兮。有輝而星，爾留曷其。我視而冥，
> 我適不行。我盡日乃傾，獨何求於爾星。
>
> 煜煜夕日，不尚有朝。皦皦君子，去誰縶招。死如可從，
> 生百不聊。繹繹道周，伊誰之圍。 凤不築自垣，今安以樊。
> 人各有心，亦不思旃。(〈夕日操〉)
>
> 我策我馬將安從，人之沖沖誰適逢，言歸於東。
> 我策我馬將安求，人之悠悠誰適謀，言東之遊。
> 井則有泉，渴者俯之。燎之陽陽，寒者附之。君子則高，
> 吾則仰之。(〈我策我馬寄王介甫〉)

王令擅長運用類疊修辭，精確掌握字詞涵義及聲音情貌，讓詩文的意

象更加活潑。以下就疊字與類句兩個方面來說明。

（一）疊　字

　　王令詩中常常運用疊字來表現強烈的情感，他有意識地重復運用這些詞語，如在〈倚楹操〉中提到亡羊補牢的典故時，他如此描述：

　　　　亡羊奔奔，豈不有鄰，子可閉門。亡羊不復，去何自逐，
　　身則非牧。霧濛濛兮水湝湝，謂兄無行兮兄行。

奔奔在詩經中有出現：「鶉之奔奔，鵲之彊彊。」意即賁賁，勇猛的樣子。而此處以疊字「奔奔」，將丟失的羊奔走的迅急勇猛強調出來；而音韻上「ㄅ」為雙脣塞音，給人迫促之感。而後以「濛濛」、「湝湝」這兩個疊字詞分別形容霧與水；霧之綿細密布的形貌，水之流動的聲音，使兩個狀聲詞，讓文句音韻更加鮮明。

　　在〈鼮鼠操〉中，亦運用疊字來強調詩句的情感：「鼮鼠鼮鼠，實食其牛，牛則不知。彼牛彼牛，既卜以郊，傷則免之。」詩中重複「鼮鼠」與「彼牛」，是為凸顯此物，加重詩人的感嘆。此類的運用中在〈哭詩六章〉中更明顯：「朝哭聲吘吘，暮哭聲轉無。……切切復切切，淚盡琴弦絕。」早晨哭聲之悲切，王令以疊字詞「吘吘」來形容其哭到喘氣的傷痛欲絕，對比哭至晚上聲嘶力竭，此哭已是斷腸之深厚的痛。而後又以狀聲疊字詞「切切復切切」，將聲音的悲切與琴聲之細微融合，琴聲再無法掩蓋悲痛的哭泣聲，此處「切切」的哭聲，直至琴弦斷才消失。

　　此外，疊字的用運，亦可形成反覆的美感，讓層次結構變得更具有繁複之美。如〈終風操〉中便運用許多疊字形容詞：

　　　　雲之揚揚，油油其蒙。望我以雨，卒從以風。雲之油油，
　　　　揚揚其去。我挽不可，泣立以佇。終風不休，終云不留。
　　　　不雨我田，不穀我收。……。

在此詩中，王令以「揚揚」及「油油」反覆交錯運用，形成詩句的迴旋之美。「揚揚」為飄揚，「油油」為流動順暢的樣子；飄揚的雲流動順暢的覆蓋天空，以風以雨潤澤自然萬物；爾後，流動順暢的雲又瀟

灑飄揚而去，詩人無法挽留，只能被動地佇立原地兀自傷感。藉由這兩個疊字詞，不僅重組詩句讓意意形成對比，更讓詩句結構充滿美感。

（二）類　句

王令爲造就結構之美感及論述之深刻，常會運用類句的排列，突顯主題，如〈鼷鼠操〉中：

> 田彼黍矣，則食於秋。我人之耕，載芟載薅。豈不憚勞，
> 將食無攸。田彼黍矣，幾不螽蝥。我人之耕，而不謀年。
> 唯其不謀年，是用卒食于田。

詩中以「田彼黍矣」、「我人之耕」之類句並用，使詩的結構更加完整，文意的強調亦能層層堆疊、推進，除了具有文句視覺美感外，更富有音韻的節奏感，不僅能凸顯詩意，更能使脈絡清晰。

同樣的用法，在王令詩中常常出現，如〈翩翩弓之張兮詩三章寄王介甫〉：

> 翩翩弓之張兮，其亦弛則藏兮。惟此乘馬，不秣而駕。惟
> 彼乘駒，不駕以芻。翩翩弓之觫兮，其亦弛則橐兮。廄我
> 乘馬，不適以駕。同彼乘駒，亦食以芻。瞻彼車兮，既徵
> 其輻。有駒斯服，有馬斯牧。心之憂矣，聊以反覆。

此詩前兩章以疊字、類句交相運用，將其心之憂慮反覆寫出，此種詩句鋪排方式，能將情感之強烈顯展現，加深其憂之患慮。然而，在深厚的情感表現中，仍可見其句式之整齊，字句之鏗鏘有力。

三、擬人運用

（一）擬物為人以寫景

在王令的詩文中，擬物爲人的寫作技巧很常見，他恰如其分地掌握各種事物的特徵，藉由轉化修辭賦予事物生命力，讓人讀來耳目一新。如在描寫春景時，他充分運用此手法：

> ……雖然素李不爭華，似洗朱丹誇瑩皓。其他百種不可名，
> 如列錦繡快晴曝。何低何高何後先，一一盡解承春笑。楊

　　花輕佻最得力，飛過青天去何冒。弱柳低垂弗辭賤，以力
　　憑風為春掃。黃鸝嘲啁聲語和，似對遊人見情抱。蝴蝶填
　　委不知數，飛亂人眼漫顛倒。黃蜂雖忙不為身，以甘遺人
　　竟何道。子規終日勸客歸，吾無間然念何報。……。(〈東園
　　贈周翊〉)

將花比擬為人，李花最樸素，不與其他花朵爭妍比美，各種花朵在春
日競相開懷而笑；王令以「輕佻」之擬人形容詞修飾楊花，把楊柳絮
隨春風翻飛的姿態生動刻畫出來。其他生物如：「黃鸝」呢喃之語似
乎滿懷情意、「蝴蝶」的亂飛令人目不暇給、「黃蜂」的忙碌則為了贈
與人們豐甜的花蜜、尚有終日勸人回歸家鄉的「子規」。運用生動的
擬人修辭，令春日花園內的盎然生機及喜悅之情如躍紙上。

　　〈春人〉則以擬人將春暖花開的意象以新奇的言語道出：

　　春人輕飄喜聚散，春筵笑長白日短。柳芽嚼雪噴盡寒，桃
　　花燒風作春暖。春衣少年當酒歌，起舞四顧以笑和。　紅天
　　綠爛狂未足，春更不去將奈何。

破寒土而出的柳芽，詩人將它比擬為人，能夠咀嚼冰雪並將其凍寒噴
盡。而紅艷的桃花則如炙火般焚燒春風，讓輕撫的微風挾帶著暖氣。
王令運用擬人修辭將植物的生命力渲染整個春天的溫度之感受，活潑
的展現在讀者面前。另一首〈春風〉亦同樣以擬人修辭展現其春意：

　　春風東來暖如噓，過拂我面撩我裾。不知我心老有異，亦
　　欲調我兒女如。庭前花枝笑自愛，風裏草力更相扶。旁林
　　曲樹足飛鳥，不問燕雀鷗鳶烏。求雌要截各有意，豈但鬥
　　競爭春呼。……。

春日暖風拂面彷若調戲詩人，然而詩人明言心境已老，內心不再動
搖。卻看萬物在東風吹拂下，競展盎然生意，王令將花擬人，寫其盛
開如人之笑靨燦爛，拂過草叢，小草相互扶持的茂盛，以及春意蕩漾
中的求偶鳥類，各個皆充滿鬥志準備競求雌鳥的青睞。詩中運用擬人
修辭使各種動植物各具不同的情態，春的生機及喧鬧似乎就在讀者眼
前上演。

（二）擬物為人以喻志

在王令詩中，可發現除了寫景，有許多時候他是運用擬人的手法，藉物之言明其志；如他在〈夢蝗〉一詩中，即將蝗蟲轉化為人，藉蝗蟲之口鋒利道出「仁義儒」、「堯舜趨」的假象：

> 夢蝗千萬來我前，口似嚅囁色似冤。初時吻角猶唧啾，終遂大論如人間。問我子何愚，乃有疾我詩。我爾各生不相預，子何詩我盍陳之。……蝗曰子言然，予食何愧哉。我豈能自生，人自召我來啜食。……嘗聞爾人中，貴賤等第殊。雍雍材能官，雅雅仁義儒。脫剝虎豹皮，借假堯舜趨。齒牙隱針錐，腹腸包蟲蛆。開口有福威，頤指專賞誅。四海應呼吸，千里隨卷舒。割剝赤子身，飲血肥皮膚。噬啖善人黨，嚼口不肯吐。……此固人食人，爾責反捨諸。我類蝗名目，所食況有餘。吳饑可食越，齊餓食魯郱。吾害尚可逃，爾害死不除。

蝗蟲之害令詩人疾筆書之，然而蝗蟲之害與假仁假義的官宦之害比起來，似乎微不足道。王令藉由蝗蟲之口，驅筆暗諷人世間許多偽善的仁義儒，滿口道義卻是害人不淺；此害不若蟲害般，可以驅之避之除之，只能任其遺留人間繼續傷害同類。藉由蝗蟲的申訴，詩人對於剝削人民、搜刮民脂民膏的達官貴人發出沉重的抗議，直指其行徑實比蝗蟲更加可恨殘酷。

王令除了將詩中事物擬人外，更有許多詩是以擬人手法為題，以各事物間的問答為題材，藉此書寫自己的思想。如：〈鎛問耒〉、〈耒答鎛〉（三首）、〈耒問鎛〉、〈鎛問耒〉、〈耒問斧〉、〈斧問耒〉、〈水車問龍〉、〈龍答水車〉、〈水車謝龍〉、〈龍謝水車〉……詩人一連串以各種農具及龍間的互相問答為題材，來感嘆成敗的關鍵往往在己。如：

> 金堅雖不磨，木曲亦已揉。幸蒙主人用，反要主隨後。適從慵耕兒，雖功不見取。良田常無收，何塞不耕耔。（〈鎛問耒〉）

詩中藉由鎛與耒的問答，說明良好的田地是否有好的收成，端看耕

耘的情形，其個人之勤奮程度遠比外在環境影響還大。詩人藉由擬
人修辭，讓題材變得更新穎，雖是要講述淺顯的道理，卻因人性化
了農具，使得這一系列的詩具有豐富的想像力，原無生命力的事物，
被詩人賦予生機且能思考道理，雖本質是作者的自問自答，卻值得
令人玩味。

第四節　王令詩歌的創作特色

在充分運用修辭後再加上作者匠心獨運的巧思，便發展成其創作
特色。本節主要介紹王令的詩歌創作特色，其分類主要是參酌寧智鋒
的〈論王令詩歌的藝術特色〉〔註32〕再自行刪增分析，筆者歸納出來
四點為：造語新奇、文思獨創、意象不羈、境界悠廣。以下就這四點
創作特色去介紹：

一、造語新奇

王令詩歌善於運用聯想、誇張、比喻等手法，使得其詩歌語言生
動新奇，極富表現力。如〈東園贈周翊〉：

> ……千株紅杏暖自酣，風引萬炬燒晴燥。夭桃未老已抽青，
> 略略朱旗冠翠纛。雖然素李不爭華，似洗朱丹誇瑩皓。其
> 他百種不可名，如列錦繡快晴曝，何低何高何後先，一一
> 盡解承春笑。楊花輕佻最得力，飛過青天去何冒。弱柳低
> 垂弗辭賤，以力憑風為春掃。……。

在這裡作者運用了誇張和擬人等手法向讀者展現了一幅東園春日繁
花如錦，百鳥爭鳴，遊人如織的盛景。將「紅杏」比作「萬炬」表
現出紅杏等花朵在春天裡迎風綻開，萬紫千紅的熱鬧場面；把「弱
柳拂風」看作「春掃」更如神來之筆，將春天柳條依依、可人的情
景給寫活了。這首詩比喻新鮮奇巧，寥寥數語，呈現展示了一幅絢

〔註32〕寧智鋒：〈論王令詩歌的藝術特色〉，《商丘師範學院學報》第 24 卷
　　　　第 1 期（2008 年 1 月）。

麗可愛的春景圖畫。此外,王令也很注意煉字煉句,如〈春人〉:「柳芽嚼雪噴晝寒,桃花燒風作春暖。」「嚼」、「燒」兩字活化出柳芽初綻,桃花怒放之情景,全詩的動態意象全由這兩字躍然於紙上。又如「關塞風高夜,江湖木落秋」(〈雁〉)、「九原黃土英靈活,萬古晴天霹靂飛」(〈寄滿子權〉)、「長星作彗倘可假,出手爲掃中原清」(〈偶聞有感〉)、「終當力卷滄溟水,來作人間十日霖」(〈龍池二絕〉之一)、「春歸欲挽誰有力,河濁雖泣庸奈何!」(〈望花有感〉)、「嘉禾美草不敢惜,卻恐壓地陷入海」(〈夢蝗〉)、「樹哭寒螗草哭蟲,何堪羈客憤時窮」(〈秋懷寄呈子權先示徽之兼簡孝先熙之〉)、「哭莫傍滄海,淚落長海流,流深風濤多,駕盪覆我舟」(〈哭詩六章〉之四)、「鑱鑴物像三千首,照耀乾坤四百春」(〈讀老杜詩集〉)等這些體現奇思妙想的名句,都是膾炙人口的。總之,王令的詩歌在宋代詩壇上確實是獨具一格的。

二、文思獨創

王令就像充滿童心的小孩,對事物都抱持著想像力,因此王令的詩歌之構思往往出人意料,此外,其詩句意像亦常見奇特險怪,與傳統的作詩之法有所不同。如其代表作〈夢蝗〉詩,在敘寫了嚴重的蝗災和人民的深重災難之後,先以對話體直斥蝗災之害,這像是對蝗蟲勸導仁義,不料又突發奇想地以擬人手法讓蝗蟲反唇相譏說:

> 我豈能自生,人自召我來,啜食借使我過甚,從而加垢爾亦乖。嘗聞爾人中,貴賤等第殊;……割剝赤子身,飲血肥皮膚,噬啖善人黨,嚼口不肯吐,……此固人食人,爾責反舍且!……吾害尚可逃,爾害死不除。而作疾我詩,子言得無迂!

藉著蝗蟲之口,大膽而深刻地批評了黑暗的社會現實,辛辣地指責封建統治者。這首詩構思之奇特,立意之深刻,想像之浪漫,說得上是宋詩中之卓絕者。又如〈謝李常伯〉詩:

> 想當措意初,嚼雲吐虹蜺。唇牙哆華鮮,肺腸湧光輝。故

其紙上言，飄有霄漢姿，何可對酬謝，約海量珠璣。

實際上就是在告訴我們：其紙上「飄有霄漢姿」的辭語，是腦中「嚼雲吐虹蜺」「措意」的結果。可見其在詩歌創作的構思上是很注意提煉創新的。又如其詩〈呂氏假山〉：

> 鯨牙鯤鬣相摩挱，巨靈戲撮天凹突，舊山風老狂雲根，重湖凍脫秋波骨。我來謂怪非得眞，醉揭碧海瞰蛟窟，不然禹鼎魑魅形，神顛鬼脅想撐挨。

這裡描繪刻畫的對象只是一座假山，但這一座造型奇特的假山卻被作者想像爲溟海中巨大的怪魚爭鬥後留下的，或是神話中開天闢地的巨神隨意用它的巨掌一撮而留下來的。詩人在這裡運用了大膽的想像，奇特的誇張，新奇的比喻把假山刻畫得奇詭險怪，並給它塗上了一層神話色彩，給人以無窮的遐想。

〈寒林石屏〉詩則摹寫了一塊石頭上的奇異畫面：

> 初疑秋波瑩明淨，魚子變怪成蛟蠪。鱗須爪角尚小碎，但見蜿蜒相參差。又如開張一尺素，醉筆倒畫胡鬒髭。如何石上非自然，猶是軟弱從風枝。高樓曉憑秋色老，煙容雨氣相蒙垂。喬林隱約出天際，醉目遠暝分茫微。

詩人極意發揮他超卓的詩才，充分地展開想像，形象險怪地進行比喻，將物象刻畫得奇詭怪異，淋漓盡致地表現了此石「奇怪」、「實亦可愛小且奇」的特徵。總之，王令在進行詩歌創作時，極力地求新求異，甚至求奇求怪，即使是日常生活中最普遍最通俗的題材如雪、畫等，他都能推陳出新、任意馳騁。清代的沈德潛曾說逢原詩「力求生新，亦同時之錚錚者」，確爲切中要語。

三、意象不羈

王令詩所以與眾不同、氣象宏大的地方在於其所選取的意象是怪誕、雄壯的。如「胸懷坦儻氣焰天，天馬斷韁鯨橫濤」（〈寄王正叔〉）、「間或老筆不肯屈，鐵索縛急蛟龍僵」（〈贈愼東美伯筠〉）、「強枝拗回信有力，高幹複俯蛟虬拳」，「雷疲風休雲雨去，蛇龍鬥死猶鉤纏，

安分爪角與尾鬣，徒見上下相蜿蜒」(〈八檜圖〉)、「又聞當世大手筆，磊砢詩句相撐支，手搏蛟龍拔解角，爪攫虎豹全脫皮」(〈寄題韓丞相定州閱古堂〉)、「劍氣寒高倚暮空，男兒日月鎖心胸。莫藏牙爪同痴虎，好召風雷起臥龍」(〈寄洪與權〉) 等詩中「天馬」、「蛟龍」、「虎豹」等意象頻繁出現，使得詩歌顯得荒誕詭譎、峭拔險怪。又如其詩〈龍角歌和崔公度伯易〉：

> 嘗聞蝦出軒轅丘，其長百尋圍十牛。民驚臣愕爭論酬，帝亦謂應土德修。賜蝦傍海連十洲，卑朝食壤暮飲流。仍命九龍狎其游，視龍有角急起羞。巫去訴帝龍有憂，帝憐不呵許爲謀。召一龍食繫其喉，揮萬力士乘其頭。披肉斷角塞蝦求，蝦取而冠萬鬼歆。雷號電泣竟莫捄，黿擗鼉踊弔蛟蚪。奮穴出哭勞鱔鰍，八龍怒走乞天仇。天賜六丁皆劍矛，取蝦拔角礫大幽。下龍載帝問何由，臣攀墮髯不可留。竟去不知天所尤，龍冤雖復骨不收。傳流下古說易浮，我聞其語疑有由。以龍易蝦理若不，愛不知蔽似有繇。人皆傷龍爲歎啾，我獨鄙其與禍投。嘗聞龍德神自周，出飛于天入海休，棄此不處與蝦儔。以養就人理固偷，果死以此嗟何仇。我來但愛遺角觡，是非欲竟理莫搜。君學窮物功搰掊，其說獨挽萬繭抽。當有實論破眾瘦，勉矣投以釣海鉤。

寫得光怪陸離，使人彷彿置身於一個虛幻荒誕的世界。王令詩歌的這種特點實際上是學習韓愈等人的結果。前人曾說：

> 令才思奇軼，所爲詩磅礴奧衍，大率以韓愈爲宗，而出入於盧仝、李賀、孟郊之間。〔註33〕

確爲一語中的，精到地指出了王令的師承淵源，王令有意學韓愈爲詩，所營造的詩境廣大、想像奇特。在《宋詩派別論》將尊崇韓愈爲主、以李白爲副的宋代詩人歸類爲古文詩體派〔註34〕，因此王令也算

〔註33〕 〔清〕紀昀等撰，四庫全書出版工作委員會編：《文津閣四庫全書提要匯編》(北京：商務印書館出版，2006 年)，頁 172。

〔註34〕 梁昆：《宋詩派別論》，(台北：東昇，1980 年)，頁 38。

是古文詩體派的代表。

四、境界悠廣

　　王令在詩歌中極盡比喻、誇張之能事，使得其詩氣概闊大，意境豪邁。如其詩「欲偷北斗酌竭海，力拔太華鏨鯨牙」（〈贈慎東美伯筠〉）。將北斗當杯勺酌盡大海，又能以蓋世之力拔起太華山鏨鯨牙，這氣勢蓋世絕倫！確實有把地球當皮球踢的一股少年狂氣。這也就難怪他連那個上天摘星、下江撈月的李太白也不看在眼裡了：

> 人傳書槧莫對當，破卵驚出鸞鳳翔，間或老筆不肯屈，鐵索縛急蛟龍僵。少年倚氣狂不羈，虎脅插翼赤日飛。欲將獨立跨萬世，笑謂李白爲癡兒。

又如他的〈吳江長橋〉詩：

> 老匠鐵手風運斤，一挾刃入千山髠。　明堂有在不見用，此爲失地猶濟人。西巨澤江海通，獰風撼地波撐空。當道獨能支地險，更東安得與天窮。莫比垂天紳，莫比跨地帶。　渴龍枯死乾無鱗，絕海失舟踏鯨背。秦帝東遊逐仙跡，累重肉多飛未得。　三洲水隔不到山，借得紫虹千萬尺。平時塵土埋英雄，吾亦棄劍來游東。　欲觀水盡朝宗海，安得身乘破浪風。爲約他年可歸處，頻倚欄干不思去。　季鷹范蠡不足奇，待我爲名千古歸。

詩人對吳江長橋的讚美，是通過奇特的想像，把長橋比作「枯死的渴龍」、「絕海中的鯨背」、「三萬尺紫虹」，運用了一連串的比喻、誇張，使得這首詩氣概闊大，豪放雄健。他的〈西園月夜醉作短歌二闋〉之一：「我有抑鬱氣，從來未經吐，欲作大嘆吁向天，穿天作孔恐天怒。」這種吁氣成風，穿天作孔的氣概，更令人目瞪口呆，確爲宋代其他詩人所無。他的〈暑旱苦熱〉是在整個宋代詩壇上所罕見的：

> 清風無力屠得熱，落日著翅飛上山。人固已懼江海竭，天豈不惜河漢乾！崑崙之高有積雪，蓬萊之遠常遺寒。不能手提天下往，何忍身去遊其間。

在這裡詩人恨不得自己能夠馬上變成一個無所不能的超人，把整個世

界都提在手裡，帶著天下人立刻脫離火坑。除了所表現出來的「先天下之憂而憂，後天下之樂而樂」的那種關心百姓的人文情懷之外，就這首詩的境界之悠遠廣闊、氣魄之雄偉豪邁，也同樣令人拍案叫絕，驚嘆不已了。與其同時的韓琦〈苦熱〉詩相比較：

> 嘗聞昆閬間，別有神仙宇。吾欲飛而往，於義不獨處。安
> 得世上人，同日生毛羽！

王令這首〈暑旱苦熱〉詩進行比較，兩首詩雖然意象差不多，但是「於義不獨處」與「何忍身去」相比，王令發自內心的仁愛就略勝一籌。對於抽想的「熱」王令也能以實寫虛，讓人會心同感。綜觀王令的詩正如王國維先生所說：

> 詩人必有輕視外物之意，故能以奴僕命風月。又必有重視
> 外物之意，故能與花鳥共憂樂。〔註35〕

對於景物採取直觀的描寫，詩人透過眼前的觀察融合自己的人生觀與價值觀再轉化為感動人心的詩篇，也正是蘇珊玉說的「入內出外」後能「物格」，達到因物起興的精神闡發〔註36〕。又如果以王國維先生的三境界來說，不論是「昨夜西風凋碧樹，獨上高樓望盡天涯路」、「衣帶漸寬終不悔，為伊消得人憔悴」，或是「眾裡尋他千百度，驀然回首，那人卻在燈火闌珊處」，王令的人生經歷與生命態度都與此三境界相呼相應。因為他安貧樂道卻不曾想過放棄仁義思想，縱使貧困到家徒四壁卻不改其志，爾後又深受腳氣病所苦，雖然如此詩人內心依舊對生命充滿熱忱而不改赤子之心，此最是難能可貴之處。

　　但是王令的詩文雖然有佳處也有其缺點，前人業已指出。如王安石雖認為王令的詩歌「有致君澤民之志」，但也有「惜乎不振也」〔註37〕之嘆。紀昀也曾指出其詩歌的缺點，他認為王令：

〔註35〕 王國維著：《人間詞話・六十一》（北京：中華書局，2010 年），頁
　　　　 35。
〔註36〕 蘇珊玉：《人間詞話之審美觀》，（台北：里仁，2009 年），頁 301。
〔註37〕 孔凡禮校點：《墨莊漫錄・過庭錄》（北京：中華書局：2002 年），

　　　雖得年不永，未能鍛煉以老其才，或不免縱橫太過，而視

　　　局剽竊者流，則固侗侗乎遠矣。〔註38〕

錢鍾書先生也指出：

　　　運用語言不免粗暴，而且詞句儘管奇特，意思卻往往在那

　　　時侯都要認爲陳腐，這是他的毛病。〔註39〕

恰如其分地指出了王令詩歌的不足之處，這也是王令不能躋身於宋詩大家之列的重要原因之一。筆者也認爲王令詩歌雖達四百五十多首卻大半屬於寄託式的諷刺、說理詩，對於景物、情語的描寫並沒有下太多功夫，也因此不適合用「境界」來深入討論。但是作者因痛苦而創作，將滿腔熱情抒發出來卻與歷代詩人一般，以杜鵑啼血也不願停的精神來筆耕，這除了對是人生命運的一種對抗之外，何嘗不啻是支持詩人活下去的動力。此外，王令的詩歌中少數的寫景抒情之作反倒成爲鳳毛麟角，顯得格外珍貴與美麗了。

　　　頁 44。

〔註38〕　〔清〕紀昀等撰，四庫全書出版工作委員會編：《文津閣四庫全書提
　　　　　要匯編》（北京：商務印書館出版，2006 年），頁 1325。

〔註39〕　錢鍾書：《宋詩選注》（北京：人民文學出版社：1989 年），頁 57。

第三章　以詩言志的精神

　　王令藉由詩歌來傳遞自己的思想精神，用「以詩言志」的方式敘述不但婉約而且帶有美感。詩人將自己的人格、精神乃至靈魂都化為篇篇詩句，王令用十年的生命寫出了四百五十八首的詩歌，他自己譬喻為秋蟬為飢寒而號，但是這其中也有對理想的歌詠、對現實的感傷，但是正如蚌生珍珠一樣，這些磨練在用柔軟的詩心加以安撫之後哀而不怨、悲而不傷，化為美麗的詩歌。

第一節　現實衝擊下的改變

一、莫道吾志不難行——確立志向

　　王令是個堂堂正正的男兒，本來應該發揮己才來立志四方，但是王令在二十一歲時，便決定終身不參加科舉，「豈將六尺軀，賤易五羖皮」（〈答黃籲富道〉）〔註1〕。這和他的初衷完全不同，王令幼時個性「好任俠」，甚至鄉里「人皆畏服之」，到後來的歸隱思想是南轅北轍，這其中就必須了解王令志向的演變與確立。

〔註 1〕 沈文倬：〈王令年譜〉《王令集》中所辯證的：「皇祐壬辰歲，天子詔天下興賢者，予以故不預。」可推斷王令為二十一歲。（上海：上海古籍出版社，2011 年），頁 432。

（一）改造世界

王令對於自己的能力非常有自信，在〈壬辰三月二十一日讀李翰林墓銘云以任俠爲事〉提到：

> 十五尚意氣，自待固不卑。嘗爲富貴易，有如塗上泥。苟
> 意欲自進，足至則履之。

在年幼時覺得意氣高昂，對於富貴的追求認爲像路旁的泥一樣，想要的話隨時都可以像一步登天般輕易地得到。而想法隨著年紀的增長，加深的只有志向未能達到的憤慨，因此王令提出了他的目標：

> 二十男兒面似冰，出門噓氣玉蜺橫。未甘身世成虛老，大
> 見天心卻太平。狂去詩渾誇俗句，醉餘歌有過人聲。燕然
> 未勒胡雛在，不信吾無萬古名。（〈感憤〉）

正值青年的王令，臉上表情冷漠、口氣卻不小，他不甘心自己虛度光陰而無建勳立業，天底下這時還沒有平靜，依他的能力來評斷，詩歌勝過世俗庸碌之士，酒醉後的高歌引吭中有寄託自己的理想，外夷依舊侵擾邊疆，王令他也想投筆從戎，爲時局做一番改變。所以王令的思考是從爲政者的觀點，希望能爲世界做一點事情，至於小我就不是那麼重要，所以〈秋日偶成呈杜子長〉認爲：

> 丈夫不合自窮愁，藜藋先須天下憂。君不唐虞皆我罪，民
> 推溝壑更誰尤。須將兼濟爲吾事，若只誠身亦我羞。滿紙
> 古人皆有道，如其所學願軒丘。

男子漢不需要爲貧窮憂慮，該憂慮的是天下事。所以君王不實施德政是我輩的罪過，國內人民遭受戰火該責怪誰。所以讀書人應把天下爲己任，如果只是追求個人道德修養是令人可恥的。因爲書中都蘊含古人的道理，但我所奉行追求的是孔子與孟子兩位聖賢。因爲他們把自己縮小，那麼自己也在人群之中了。王令關心世界，進而有想要改造世界，口吻過於狂妄但是心意卻十分真切。

（二）看清政治

對於這個世界，王令有一股正義感與責任心，這個想法不因爲王

令本身的貧困而有所改變，他在裡面就重申自己的志向：

> 丈夫不合自窮愁，藜藋先須天下憂。君不唐虞皆我罪，民
> 推溝壑更誰尤。須將兼濟爲吾事，若只誠身亦我羞。滿紙
> 古人皆有道，如其所學願軻丘。（〈秋日偶成呈杜子長〉）

男子漢不需要爲窮困發愁，吃野菜隱居前先要解決天底下所要擔憂的事。君主無法像聖人那般統治天下，是我輩讀書人的錯，那些逃民輾轉成爲溝中屍體應該找誰負責。所以首要之事是把兼善救濟天下爲自己的事情，如果只是顧及自己的正心誠意是令王令感到羞恥的自私行爲。書上古人所提的都是金玉良言、自有道理，王令想效仿的就是像孔子、孟子這樣的聖人。由此可知王令主張經世致用之學，因此詩中帶有濃濃的政治思想，要爲人民服務。但是現今的統治者卻是不知長進，推說是無爲之治，像春秋時代召伯治國時，他的才德也是排在聖人之後，但是農忙時怕耽誤人民農作而「聽訟小棠下」（〈雜詩二首〉之二）。但是令人感嘆的是現今千里長，耕稼的事都不曾理會，卻優閒地「彈琴高堂上，欲以無爲化。」（〈雜詩二首〉之二）而自己多年的努力還是沒有成果，因此他在〈奉寄崔伯易〉時，服務政治的熱情已經熄滅：

> 功業嘗聞亦有時，可能天命出依違。終看世態眞何道，不
> 得吾心自合歸。廊廟得逢應有義，草茅雖老尚知非。秋來
> 客況無他異，時向西風誦式微。

自己多年的努力還是沒有建立功業，可能是天命如此，王令的少年俠義之氣被現實消磨殆盡，對於世態依舊如此，他萌生「不得吾心自合歸」的念頭，秋天又將盡一年，自己和友人都還是沒有功業，只能時時向西風歌誦詩經「式微」，產生隱退的念頭。

二、況是悲秋客未歸──鄉愁、孤獨與焦慮

王令因爲生活而前往他鄉客居，從瓜州、山陽、天長、高郵、潤州，最後輾轉到江陰，一直無法在生活上安定下來的王令，因爲旅居在外而讓詩文染上濃濃的客愁。「三年客興看秋葉，萬里歸心寄斷蓬」

（〈奉寄朱昌叔〉）年復一年看著秋葉變紅，離家萬里卻只能寄寓詩歌，王令的鄉愁、孤獨與焦慮都在詩中點點滴滴透露出來。

（一）有家歸不得的鄉愁

想回家的強烈欲望在〈春夢〉中表露無遺：「湘水茫茫春意闌，岑郎一睡片時間。誰知行盡江南路，枕上離家枕上還。」走過這麼多的江南路只讓王令加深對故鄉的思念，但是午夜夢迴的王令就算回到故鄉也不過是幻境，醒來仍是要接受自己漂泊的事實。「三年客夢迷歸路，一夜西風老壯心」（〈秋日寄滿子權〉）離鄉久到快忘記故鄉的他，只能在「一夜西風」下「老壯心」來適應自己客居他鄉的生活。王令在〈孤雲〉詩中借物喻己：「一片孤雲逐吃飛，東西終日竟何依。旁人莫道能為雨，惟恨青山未得歸。」借孤雲來寫自身漂泊無依，孤雲的孤獨是因為無法回歸青山，自己則是不能自主地客居他鄉。又借歸雁來抒發鄉愁，雁鳥不管天南地北有多遙遠，時候到了就可以起身歸鄉，但是王令卻無法像牠們一般逍遙自在，只能寫下〈送雁〉這一首羨慕歸鄉雁群的詩句來表達自己的思鄉之苦：

> 來時群雁去相隨，病眼看天遠不知。為有客愁歸未得，獨憑斜日望多時。遲遲南國無春雪，細細東風滿柳枝。蝴蝶黃鶯有期約，好加歸著莫令遲。

看著「來時群雁去相隨」自己卻是孤單一人，加上病痛纏身，心裡「為有客愁歸未得」只能「獨憑斜日望多時」。相對於自由之身的雁鳥，王令漂泊卻是為了家裡的溫飽，詩人將心中的鄉愁一一寫出。〈短謠〉前四句說「窗中燈冷暈重綠，窗前西風葉相逐。曉霜披瓦月上軒，枕夢不成雁聲續」屋子裡寒冷加上燈光微弱，窗外的落葉因風吹起而相互追逐。霜已經佈滿屋瓦，月亮也高高過屋頂將落，想睡覺輾轉難眠，只聽到雁鳥斷斷續續啼叫，內心升起了思鄉的愁緒。因為愁緒不能成眠的王令，聽到雁鳥的叫聲反而引發更多的感傷。

王令在客居他鄉時，一方面內心愁思一方面也因為孤獨而更加痛苦，就算平日出門也「萬事非」只好回家「閉關坐」，客居他鄉舉

目無親，「親識久相遠，與世絕弔賀」（〈出門〉二首之一），王令的鄉愁更平添了孤獨。

（二）無人相知的孤獨

王令在他鄉茫茫過日，「白晝出門歸路迷，多日易夜還空歸」（〈短謠〉）白天出門在異地不知何去，等到晚上回家只覺得空虛。他需要的是了解自己、志同道合的朋友，而不是俗士庸儒，在〈寄崔伯易〉裡就對這些像擾人的過客十分厭煩：

> 擾擾閭巷士，過我何所爲。屢來徒我煩，不來我弗思。少年樂知聞，喜與客子隨。晚歲事恬默，與世益參差。騎馬出尋人，中路輒自歸。歸來亦何樂，書史自相期。已與往者親，可無茲世違。欲語無所得，起視北雁飛。念子遠千里，昔別今已期。寄聲雖云多，所得竟亦稀。近者忽報書，期我往就之。不知予苦窮，繫此不可離。尚迫朝暮憂，寧有道路資。人生少所同，老去財幾時。予勢既若此，子復不肯來。但恐百年間，齟齬終莫齊。詩以寄子招，亦以寫我悲。

在詩中可以知道，這些俗士整日來打擾，增加了他的困擾，還不如不要來可以落得清靜。王令等待的就是像崔伯易這樣的知己，可以跟隨勉勵。越到年終歲末也就更越顯得安閒沉默，和世俗也更不相合。想要騎馬尋找友人，但是沒有可以拜訪的對象。回到家只能讀書閱史來自娛，上友古人可以不用顧慮有無違背世俗情理，王令對於這些繁雜瑣碎的俗禮不想費心處理。讀書到有心得處，卻沒有可以相談討論的對象，看著北雁飛來，想到友人崔伯易遠在千里遠，無法相遇，而多次投遞出去的詩歌，所得到的卻是不成比例的稀少。近日有收到崔伯易寄來的書信，但是王令自己因爲貧困而無旅費，也只能繼續淹留客居，人生難得遇到知己，既然沒有「道路資」那不妨請崔伯易過來，這裡透露王令對於想見到友人的渴望，也說明他的生活中沒有可以交心的朋友。雖然事情的結果是兩人沒有互相拜訪，但這首招請友人的

詩也透露王令無法拜訪友人的困難之處。王令本身的孤獨，是寧願等待相知相惜有人出現的孤獨，那些俗士不到王令的眼裡，反而讓他強烈想要與心意相通朋友往來。他在寫給王安石的詩歌也寫道「歲暮遠為客，一身歸計深」（〈歲暮呈王介甫平甫〉），想要離開卻「淹留歸未得」（〈次韻介甫冬日〉），這種愁苦加上孤獨，遇上了冬日而加深成「感時須寂寞，何獨少陵心」（〈歲暮呈王介甫平甫〉）。誰說春天才有「感時花濺淚，恨別鳥驚心」（杜甫〈春望〉）的感觸，在經冬歷霜雪之時，寂寞孤獨加上悲傷與焦慮，王令的思想就更偏向刻苦了。

（三）歲暮將至的焦慮情感

王令的悲傷焦慮在詩中最常表現的季節是秋冬，在〈悲秋〉中他如此寫道：

> 歲事荒涼冕易悲，西風日夜弄寒威。秋來寡婦尤勤織，誰是行人未有衣。常恐衰顏隨節換，空看落葉倚風飛。從來最是悲秋者，況是悲秋客未歸。

因為「歲事荒涼冕易悲」加上天氣寒冷「誰是行人未有衣」，最重要的是「常恐衰顏隨節換，空看落葉倚風飛」。所以王令對於年紀漸漸增長，自己卻一事無成，加上冬日飢寒交迫的情況，內心除了焦慮也帶有感嘆。另一首〈和人促織〉能完整表達旅居多年的愁嘆：

> 秋蟲何爾亦匆匆，何處人心與爾同。夢枕幾年懸客淚，曉窗殘月破西風。人思絕漠冰霜早，婦嘆窮閭杼柚空。更有孤砧共岑寂，平明華髮滿青銅。

促織雖然是寫秋蟲唧唧像是催促織衣，但是人也是相同催促織婦趕快工作，但是織布機上卻空蕩蕩的〔註2〕。這時客居他鄉的王令想到年歲又快到了，感嘆自己悲傷掉淚，伴著窗外殘月和西風寒冷，連人心也好像隨著鋪上霜雪一樣冷漠。織婦感嘆陪伴自己只有孤寂和貧窮，

〔註2〕 織布機上的兩個部件，即用來持緯（橫線）的梭子和用來承經（直線）的筘。亦代指織布機。《詩・小雅・大東》：「小東大東，杼柚其空。」朱熹・集傳：「杼，持緯者也；柚，受緯者也」。

然而詩人除了這樣兩樣之外，更虛長了年紀，只見青銅鏡裡那個斑白頭髮的自己。王令對於時節的感觸主要是伴隨著光陰的蹉跎的焦慮。

所幸，詩人沒有完全的喪志，在有志道同的陪伴下，還能享受生活的滋味：

> 夜長夢反覆，百瞑百到家。歲計晚未成，客愁與日加。長途千萬門，何地容我過。　而子壯亦貧，與余同一歌。（〈客次寄王正叔〉）

王令對於自己不是孤單的，除了內心感到高興，也更有動力來堅持己見。雖然夜晚裡因為思鄉強烈到一百次閉上眼就一百次做夢回到家鄉，年歲將盡而自己卻空耗生命一年，長遠的旅途中卻沒有一處可以供他容身。所幸，王正叔也是剛直守道而屈守貧窮的志士，王令很高興地希望能和他一起詩歌唱和。

王令抱貧守道的精神，就是藉著有志之士彼此鼓勵，如同相互取暖一樣，除了王正叔，他也向多位好友勉勵與安慰自己的處境：

> 萬事無成只一籲，窮年況復嘆窮途。功名未立頭先白，貧病相仍氣尚粗。富貴早知皆有命，窮通料是不由吾。會須開口隨時笑，一曲長歌醉倒壺。（〈歲暮言懷呈諸友〉）

他知道目前的處境就是在窮年裡支持下去自己的理想，但是窮途不是末路，王令面對這些困難仍然「氣尚粗」，有信心能立功名偉業、貧病不是限制他的條件。雖然現實面上的情形還是擺脫不了貧窮的命運，但自己能自主的是常常保持愉快心情，酒醉時高歌一曲，這樣的王令對於人生沒有完全的絕望，一時的悲傷焦慮情感彷彿只是暫遮太陽的烏雲，最終有雲破天開的時刻。

三、貧病終將心志磨

貧窮與疾病對心智的侵蝕就像是鏽斑一樣，隨著時間的過去，在王令身上漸漸產生了影響。詩人在面對不可逃避的現實問題，心理壓力與實際應對就間接反應王令思想的轉變。

（一）乃知窮則失自愛

王令看待富貴如浮雲，但是現實生活中貧窮卻為他帶來不少困擾，他自己也體認到「乃知窮則失自愛」（〈卜居〉）。貧窮除了讓他放棄自己所愛的，也影響到他的生活。王令生活困苦，幾近潦倒的生活方式可從〈秋懷寄呈子權〉：

> 樹哭寒蜩草哭蟲，何堪羈客憤時窮。辛無可樂群書外，百不堪言一嘆中。雲黯暮天沉白日，土塵平地斷清風。夫君若問秋來況，淚滿遺編髮亂蓬。

因為貧苦而所見所聞皆是愁，羈旅他鄉的王令正面臨著窮困，因為除了詩書以外，生活上每一件事情都苦不堪言，只能嘆氣來回應。外面的情況除了愁蟲哀鳴，連天上也是受雲遮蔽而慘白一片，地面上塵土飛揚。如果你們問我王令秋天的近況，就只是一個苦到流淚、亂髮如野草的人。這裡可以知道王令生活處處困苦，甚至連基本的溫飽都出了問題，愁眉苦臉、蓬頭垢面。而更具體的居住情況描寫在〈卜居〉：

> 吾求一屋逮兩月，貧不謀貴何以圖。褐來自放就窮巷，幸得之喜何敢吁。頹簷斷柱不相締，瓦墮散地梁架虛。門無藩閑戶不閉，時時犬彘入自居。……鄰翁問我乃何者，得毋亦以名自儒。王朝潭潭聚冠蓋，幾人不載卿相車。子何布被不蓋肉，浪自名士實則奴。假為無能守編戶，猶可自擇安閭閻。胡為慘戚辛困此，去矣何屋不可租。此居卑注不待說，四高中下流無渠。夏霖連延久積注，往往灶下秋生魚。始來圖此不自擇，終見坐與蚯蚓俱。……。

王令因為貧窮而租賃而來的屋子連遮風避雨、閉戶防盜都不可能，何況平日犬彘任入、灶下生魚、坐與蚓俱的誇張景象都可以出現，這種困擾不是用來形容過著簡樸生活、安閒樂逸的隱居生活，因為連最基本的生活條件都欠缺。

（二）病時詩心尚吟哦

對病情尚未加深的王令來說，只把病痛當磨練，雖然生病可是也能「病驥遠思牽直道」（〈寄李君厚〉），毫不在意而瀟灑地「自言出處

身無累，一把窮通寄自然」（〈寄李君厚〉），面臨貧病接踵而來卻依然
豁達。自我調適之際還可以和朋友話家常，例如〈別陳藥院〉就提及
「羨君無病更醫人」，然而自己卻有病在身也無人親近。〈金山〉更記
錄王令就算生病仍有一段的出遊之旅：

> 馬蹄行盡九州閒，無處歡娛得破顏。只有此中宜曠望，誰
> 令天作海門山。懶將衰病照清流，爲有歸心欲白頭。幸自
> 好花開便笑，不甘爲客見成愁。長歌欲強秋風醉，高處先
> 輸俗子遊。我在無聊元亮死，當年今日共悠悠。

馬蹄走遍了九州，卻沒有可以賞心駐足的地方，幸好金山風景獨特，
雲煙裊裊又連接大海〔註3〕，適合遼闊遠望。面對清澈江流，王令因
病慵懶而一心回家，幸好美麗的花朵化解他的憂愁。面對美景，王令
雖然提不起勁，但是回想起來還是擁有「當年今日共悠悠」的思念，
總比「我在無聊元亮死」強得多。閒居在家，縱使「平時已多病，春
至更蹉跎」（〈庭草〉），自己客愁又生病而少歡顏，但是「獨有詩心在，
時時一自哦」（〈庭草〉）詩人的思想裡還能有積極想法。

（三）一病久厭百志墮

　　進入重病時期的王令，他自述「吾病不喜語，客來但寒暄」（〈送
僧自總〉）身體已經不舒服到不愛交談，所以勉強爲客人寒暄幾句，
「煩舌且不能，況事文字間」（〈送僧自總〉）連動口說話都沒辦法了
更遑論還要費心神用文字表述，王令的病情嚴重由此可見一斑。隨
著身體逐漸衰弱，他的思想也逐漸消極，不喜與人交流，例如他〈世
言〉說：「紛紛世俗言，病客久厭聽。聖賢沒已遠，是非久無定。」
大家都在討論關於聖賢的話題，他因爲生病而顯得厭煩，那些久無
定論的是非，隨著距離聖賢時代越來越遠而顯得意義不大，王令覺
得興趣缺缺。尤其自己又貧又病，連出遊的興致都消失殆盡：

〔註3〕　〔宋〕曾鞏指出：「夫金山之以觀遊之美取勝於天下」可見金山爲宋
　　　　代著名景點名聞天下。」《曾鞏集》（北京：中華書局，1998 年），
　　　　卷 1，頁 286。

> 一病百志墮，起逢秋物闌。力弱未勝行，厭聞客言山。言
> 山多在遠，雖近尚莫攀。挈深吾無舟，逐陸誰借鞍。不如
> 無所聞，收心就恬安。南軒頗扶疏，古木高四觀。不知秋
> 葉疏，但怪朝影斑。羸軀便僵側，藉有薰與莞。仰攀孤雲
> 高，臥見飛鳥裒。苟此且自適，何能謀所艱。(〈病起聞說會
> 山頗有泉石遠不能遊〉)

詩人因為生病而讓心智墮落下沉，客人說到在秋天的出遊，他卻因
為自己虛弱而無法前往，甚至討厭聽到遊山水這件事。不用說貪山
有多遠，王令連近在眼前的都無法攀折。自己想出遊，卻沒有可以
涉水的舟；想要遠行卻沒有馬匹可以。那倒不如不要知道，內心也
就安恬閒適。王令不能遠遊，但是房屋種有扶疏的古木，灑落下來
的影子斑駁，王令自己可以欣賞的也就灑落地上的那一些光影而
已。對於病中的自己，王令只能盡力調適心態，倒著羸弱的身軀欣
賞孤雲和飛鳥，他所能謀求的也僅於此。隨著對現況的無力改變，
思想也逐漸被侵蝕黯淡。

第二節　個人主義表現

一、英雄俠義的推崇

　　王令對世界有一份責任感，對於苦難中的人們總希望能路見不
平、拔刀相助。他的詩中常常把天下縮在眼底，挾泰山超北海以救蒼
生這種豪語常常出現在詩中。王令想當英雄純粹是出於仁慈，對於名
聲是絲毫不放在心上的，這些雖然都只是出於想像，卻讓人不得不佩
服王令的胸懷。

（一）願救天下蒼生的仁愛

　　王令對於天下蒼生本來懷著經世濟民的遠大抱負，無奈政治一途
不是他所能勉強自己的，所以選擇成為一介平民。但是遇到不公義的
事情，王令還是會表達憤怒，「須將兼濟為吾事」(〈秋日偶成呈杜子

長〉）豈有自掃門前雪的道理。所以在看到流民的悲慘時，王令就記錄下來，像「溝中老弱轉流屍，夫不容妻母棄兒」（〈和洪與權〉）這種危難到生死一線、拋棄人倫的悲慘情形，叫王令怎麼能冷眼旁觀？不只如此，王令對於乾旱所造成的影響也是感到心痛，像是〈不雨〉就記錄實際狀況：

> 去歲秋霖若決川，今春不雨旱良田。道邊老幼饑將死，雲外蛟龍懶自眠。赤日有威空射地，清江無際漫連天，誰將民瘼陳雙闕，四海皇恩一漏泉。

跟去年比起來，去年像是河川打開了缺口般雨水過多，但是今年連一滴雨都沒下，良田也變成旱田。人也是遭受波及，路邊的老幼因為饑饉而瀕臨死亡，但是能降雨蛟龍卻躲在雲外。王令在這裡運用了想像，如果有蛟龍的話就可以幫上忙，讓良田可以有水耕作，有收成路邊就不會有等待死亡的老人與兒童，就是因為他甚麼都無法幫上忙，只好用想像來填補。王令也因為聽到哭聲而內心同情他人，寫下〈聞哭〉一詩：

> 冬溫春疫早，死者晨滿街。但聞哭子悲，不聞哭母哀。老慈愛益深，壯剛氣則乖。嗜欲奪天性，情恩佔妻孩。詩三百具存，聲已亡南陔。人情古不美，況復嗟今哉。

王令記錄了春天瘟疫來的情形，因為爆發疫情而街上慘不忍睹，他聽到路人哭而引發內心悲戚，一場流行病讓天人永隔；然而，這些令人聽來哀切的哭啼聲中，王令甚至觀察到社會現象：從古至今的孺慕之情遠不及舐犢之情，王令以詩歌紀錄下來，王令的悲憫亦存於詩中。王令就是因為胸懷天下、富有仁心，才會有幫助他人脫離苦難的衝動，這種俠義仁道的精神讓他把自己的生死置之度外。

（二）「死」得正命有何懼

王令的詩中使用高達 92 次的「死」字，這樣頻繁的使用除了表現他的豐富情感，更可以探討出「死」背後的意義。在表現情感的部分，詩人巧用「死」字來當作修辭的手法，讓詩劇變化豐富、飽含情

感，用在轉化上有「一割大義死」（〈餓虎不食子〉）、「三更燈死百慮息」（〈唐介〉）；誇飾的使用有「一語所犯百死在」（〈唐介〉）、「怨氣觸草死」（〈哭詩六章〉之四）、「古來走死萬萬腳，竟莫識自何來哉」（〈贈黃任道〉）。而關於詩人對於生死觀點的部分，從其詩歌中可發現詩人對於死的想法是：「死」須有得其所，爲仁義完成自己的正命。

孟子說：「生，我所欲，義，亦我所欲也，二者不可兼得，捨生而求義。」（《孟子‧告子上》）〔註4〕人生中，義理之所存才是生命的意義，王令也是這一類型的人，堅持義理而不輕易退讓。他曾在〈贈別晏成績懋父太祝〉表述過「壯心羞摧藏，義內喜菹醢。要言相死從，顧豈苟難斬。」爲仁義而赴死，這種豪壯氣勢將生死置之度外。所以他寫了〈唐介〉這個具有爭議的時事議題來表達對死得正命的堅持，這首詩用了六個「死」字，一方面表達緊急危難的情況，另一方面也看出唐介的英勇氣勢：

> 以諫得罪者爲誰，四海多作唐介詩。俗兒口狹文字碎，欲狀介事語反卑。嗟嗟我亦介之徒，此恨不助掀目眉。三更燈死百慮息，四睫不交雙目盱。推枕起坐壯介節，以手捫膺爲介思。信乎介亦壯男子，直能金鐵其肝脾。霆之怒萬鈞重，人主之威猶過之。一語所犯百死在，要領可斷族可夷。堂堂介也人之難，不畏所畏將所持。捧書入奏伏文陛，身視赴死如食飴。面折庭諍語論險，直舌鐵硬堅不移。天子怒叱大臣語，眾笏交抵伴戈揮。如何面笑目不瞬，氣不略蠻顏怡怡。即日議下得遠斥，中使臨遣監妻兒。奈何左右口吻毒，只有死請無還辭。然今天子甚明聖，雖暫盛怒終復歸。嗚呼能對治亂鑑，介也能扶其瑕疵。語曰五諫吾從諷，仲尼逮有激而爲。後世巽懦祿位徒，緣此粉飾尸素非。必也事有不得已，宜乎詫死爭不回。偉哉介也已不朽，日月爲字天爲碑。寄語瑣瑣媒孼子，介縱蹈死吾何悲。

唐介膽敢直諫仁宗，「雷霆之怒萬鈞重」，但是他卻「不畏所畏將所

〔註4〕〔宋〕朱熹：《四書集注》（臺北，世界書局，1963年），頁332。

持」，這其中的凶險至極是「一語所犯百死在， 要領可斷族可夷」，但是唐介「身視赴死如食飴」地選擇繼續上書勸戒，就算「天子怒叱大臣語」，然而「直舌鐵硬堅不移」。王令欣賞的就是這樣的英雄人物，對於所堅持的就算付出生命也是值得，在詩句末了也說「寄語瑣瑣媒孽子，介縱蹈死吾何悲」王令與一般論點不同，因爲他覺得唐介諫言這件事的重點不在於最後沒有死，而是爲仁義的堅持超越生死的恐懼，就算唐介赴死也是爲義而亡，如果死得正命又何須悲傷，成仁取義才是生命的價值所在。與其老死，不如趁著年輕時灑熱血，所以他在〈快哉行呈諸友兼簡仲美〉也是視死無物、正義凜然：

> 脫巾草坐踏地歌，花影落酒生紅波。拔劍橫膝仰面笑， 醒眼不識天爲何。平時塵土埋英雄，卻學弄筆爲雕蟲。太阿補履不足用， 老驥捕鼠終無功。安得雄心大膽子，與之把臂論心事。不使生前眼見仇，何用死時尸磔市。人生病老多壯時，百歲祇如梭過機。安能踽促努筋力，眼穿仰望丹桂枝。

詩中的主角就是十分豪邁的形象，隨意脫下頭巾、坐在草地上唱歌。然後拔出劍來橫放在膝上，仰天大笑，因爲上天不在他的眼裡。王令認爲一般的英雄應該戰死然後被埋在沙裡，但是他卻拿起筆來當儒生，這樣大材小用就好像拿太阿寶劍要來穿線補鞋，另一方面等到老來建立功業也是徒勞。不要讓活著時候常常看到不順心的事，何必擔心死後會不會被暴露在市場。以上話語都豪放不羈，人生應當有努力的目標，然後不怕困難與危險地誓死達成。然而，對死不畏懼的王令還是會對死感到可羞，因爲「老來何足嘆，苟死固可羞」（〈暨陽居四首〉之三），沒有任何事蹟留下就留下一大片空白，這樣隨便就死了，是令人可恥的。所以，對王令來說「死」必須是重於泰山的。

二、豐富情感的宣洩

王令自己是情感澎湃的人，對於本身思想是任其奔放不拘地表達

在詩篇當中，綜觀王令的外向情感有三大面向，對於浪漫的追求、憂思的宣洩與豪壯的表達自我存在。透過這些激昂情感的追求，讓王令的詩增添更多生動、生氣蓬勃的氣息。

（一）物我相親的浪漫

王令對於春天有獨特的強烈情感，用有情眼光看待春風與花、鳥等美好事物，甚至藉由與其對話，表述自己內心的熱情。也常常不計代價留住春天，來表達對春天的傷感情懷。

雖然王令不寫溫柔婉約的宋詞，但是溫柔有情地對待凋零的花倒是出現在〈春晚〉：「春來還自有遊人，常是春歸獨念春。落後見花尤更惜，不知誰忍掃和塵」王令在遊春時，見到落花凋零一地，內心對於這些美好的事物感到嘆息，不忍心將落花與塵土混爲一堆，甚至見到「惟餘零落滿地紅，主人更聽奴頻掃。悲來四顧慷慨歌，要且傾酒澆顏酡」（〈望花有感〉），王令多情到不忍見花落，連奴僕要掃滿地落花都要悲傷到傾酒。王令自己則是「掃地待花落，惜花輕眷塵」（〈春怨〉）這種特別有心的舉動顯示了他細膩與浪漫的一面。面對春天的來臨，王令心中如果不是憂慮，他也想「對花還作笑歌人」（〈對花〉）。

王令有顆浪漫的詩心，如〈庭草〉：

> 庭草綠毶毿，庭花閒自開。長鴻抱寒去，輕燕逐春來。時
> 節看風柳，生涯寄酒杯。傷春欲誰語，遊子正徘徊。平時
> 已多病，春至更蹉跎。惡土種花少，東風生草多。客愁渾
> 寄淚，野思不堪歌。 獨有詩心在，時時一自哦。

詩中就說「長鴻抱寒去，輕燕逐春來」的春天裡，「傷春欲誰語」只有他這個「遊子正徘徊」，內心正爲傷春蹉跎而「野思不堪歌」時，他自己卻想通了「獨有詩心在，時時一自哦」。所以他把春天當作一個對象來寄託，藉著對春風或者是春天的挽回，表達內心對於時光消逝的恐懼與感傷。最具代表的就是〈春晚〉：

> 三月殘花落更開，小簷日日燕飛來。子規夜半猶啼血，不
> 信東風喚不回。

三月的花雖然落了又開，但是春天還是留不住，燕子日日飛來簷下打探，杜鵑哀鳴到啼血，希望一切的努力能感動春天回來。王令用了擬人的手法來藉著燕子和杜鵑表達對春天消失的難過，「不信喚不回」則是內心極大的企望，因為「春歸欲挽誰有力，河濁雖泣行奈何」（〈望花有感〉），春天是絕對無法用任何方法留下的，王令在詩中卻藉由萬物的動作來表示自己的不計代價。這裡可以盡量揮霍的，不是錢財，而是感情。關於錢財，他最多只能「無錢買得江頭樹，輸與漁人繫釣船」（〈江上〉），而他感情澎湃就算獨自一人「無客尚有月，把對心尚開」（〈西園月夜醉作短歌二闋〉之一），把自己與自然對話，敞開心胸訴說他的浪漫與哀愁。

（二）嗟嘆不已的憂慮

王令因為一心「要須待見成堯舜，未敢輕浮作頌聲」（〈聞富并州入相〉），所以為了完成聖賢志業，終身懷憂嘆。先就今人不古的現象感觸一番：「詩三百具存，聲已亡南陔。人情古不美，況復嗟今哉。」（〈聞哭〉），詩經三百有留下來，但是古風不存，在現今世道炎涼之下，發生瘟疫卻聞哭而不為所動，他只能感嘆。就像「良田力盡農夫嘆，直道春荒志士嗟」（〈去草〉）一樣，農夫盡力工作卻只換來雜草蕪蔓滿田，追求「道」的路上只有志士，世途還是一片荊棘，絲毫不見成效，讓他不得不長嘆一聲。

相對地，王令無法實現理想，也就只能進一步感嘆毫無成就，在〈歲暮言懷呈諸友〉表述自己：

> 萬事無成只一顱，窮年況復嘆窮途。功名未立頭先白，貧病相仍氣尚粗。富貴早知皆有命，窮通料是不由吾。會須開口隨時笑，一曲長歌醉倒壺。

自己窮到年復一年，似乎是永無止境的循環，而功名還沒立下半點，只有貧窮與疾病隨身，這樣的狀況是由不得王令所能選擇的，甚至「不得所欲為，還與俗人群」（〈古興〉）自己所作所為與世俗人無與異時，察覺「外跡久已非，獨嗟心所存」（〈古興〉），只剩內心存著對聖賢的

堅持而悲慨。

　　王令對於友人的別離，也是內心懷著憂戚「嗟我相思邈千里，不來同此兩忘歸」（〈別表弟司秀才〉）就除了離別以外加對自身感嘆：「吾學老無長，吾日亦自愛。念當相捨去，反覆互嗟慨」王令一方面感嘆自己所學毫無增長，一方面又因為表弟司秀才要離開而內心感傷。自身漂泊無法自主、漫無目的也是他發出深深感嘆的原因，〈送崔伯易歸高郵〉中就希望崔伯易「子有歸資好來比，我方飄泊可嗟勞」，自己生活困難，遑論有旅費去尋找知己，因此就算田園風光優美，但是自身憂愁還是無法領略生活樂趣，所以他說「山野生涯本閒暇，誰令客子自勞嗟」（〈舟次〉）所有的憂愁都是自尋而來。這些抑鬱經年累積，如果一次宣洩會是怎樣的情形？他說「我有抑鬱氣，從來未經吐。欲作大嘆籲向天，穿天作孔恐天怒。」（〈西園月夜醉作短歌二闋〉之一）王令的憂思從生活的貧困到志業的未果，只要活著就會繼續憂思，這無止盡的嘆息讓他的詩句中帶有淡淡的哀思。

（三）以酒壯膽的豪邁

　　王令的豪放不拘可以從「脫巾草坐踏地歌，花影落酒生紅波。拔劍橫膝仰面笑，醒眼不識天為何」（〈快哉行呈諸友兼簡仲美〉）看出，隨意自適的脫巾坐草地來歌唱，甚至是在半醉半醒、拔劍仰天的狀態下長笑。王令藉由誇張動作來表達他的豪邁，在其他詩篇則是有藉著酒的組詩來喧暢他奔放的情感，而且一氣呵成連寫十首，簡潔有力，而餘韻無窮。每首先用「何處難忘酒」開頭，說明很多時候都值得酣暢大飲，如果「此時無一盞」，那能有沖天般的氣概，因此我們用前兩首來舉例他的豪邁之情。例如〈何處難忘酒〉第一首：

> 何處難忘酒，君臣草昧初。謀臣偷賊膽，力士幹凶鋤。日
> 月明將霽，乾坤害欲除。此時無一盞，何以壯雄圖。

什麼時候能令人忘記酒？仁君與賢臣在看似絕望的暴政時代之時一齊開創新世代，有能謀善計的臣子膽大如賊行竊一般冒著極大的風險，來謀反推翻暴政的良策；驍勇力大的勇士來埋伏伺機算計，為了

制凶鋤惡反覆推演，來準備奪取暴君性命。在明天過後將開創太平，
遮蔽日月的烏雲也會消散無蹤，朗照世界。天地之間的大禍害將在眾
人的努力下除去。不趁這個時候來一杯，怎麼壯大激勵自己的雄圖霸
業，預祝成功的一刻到來！在這猛如虎的苛政時代，賢明的君主帶領
著一群文韜武略的跟隨者來準備開創新世代，就像狄更斯的《雙城計》
所說的「那是最好的時代，那是最壞的時代；那是智慧的時代，那是
愚昧的時代」。在能臣計謀的策劃下，勇士奮力的一擊下，暴君自將
身亡、暴政將被推翻，美好的明天將來，曙光帶來全新的希望，不再
擔心「總為浮雲能蔽日」〔註5〕，天地之間可以不再有為害百姓的禍
害。說到士氣高昂的時候，怎麼可以缺少酒來醻暢，藉以激勵眾人成
就這番雄圖霸業！王令藉由酒來抒發激昂的壯志心懷。

　　第二首〈何處難忘酒〉提到賢人肯出來治理天下：

　　　　天心渴太平。焚山急賢出，拔草惡奸生。議盡芻蕘口，歌
　　　　回雅頌音。此時無一盞，何以快輿情。

詩句中的第一聯就表達了人民的忍耐已經到達了極限了，所以天下才
會如飢渴般地盼望太平的出現。為了使這個目的達到，甚至不惜焚燒
山林來請出賢者，這裡是引用了介之推的典故；相對而言的，也是意
指在這動盪的時代，需要像介之推這般犧牲小我來成就大我的賢者，
而不是獨善其身的隱士。焚燒山林來逼賢者現身固然十分不得體，但
是為了迫切地想要擁有天下太平的百姓來說，用上最逼不得已的手段
也是因為忍耐已經到的了臨界點，奸邪之人如同野草一般眾多，斬除
不盡。連在深山的樵夫也感受到苛政的壓迫而抱怨了起來，讓天下海
晏河清吧！讓傳唱民意的歌謠回到像雅頌一般純樸吧！古有名訓：「防
民之口，甚於防川」，民意即潮流，順之者昌，逆之者亡，古今中外，
概莫能外。奸邪的人將被處罰，賢能的人將拯救黔首。在這時刻不來
一杯，怎能暢快民意呢！王令利用酒來當作催化劑，讓原本就澎湃的

〔註5〕　見〔唐〕李白〈登金陵鳳凰臺詩〉：「總為浮雲能蔽日，長安不見使
　　　　人愁。」

心情更加飛揚，不受拘限。所以他的豪邁是透過雄偉的壯舉或是酒精的催化讓情感的溫度一下子加熱到最高，也具有高度的渲染力。

三、矛盾與叛逆的精神

王令自己的思想有一些不同於儒家的觀點，自己卻不自知，有時想法太衝動，然而有時候又過度消極。最明顯的兩件事情，一件是「窮」與「仕」、第二件事是看似「儒家」卻像「道家」。

（一）「仕」與「隱」的矛盾

王令對於自己始終堅持決定不當官，但是對於「仕」有著反反覆覆的看法，因為天下無道所以不仕，「守窮」才能「守道」，「能將道繫窮通裏，安用身居進退間」（〈寄滿子權二首〉之一）就是最好的印證。他在〈雜詩〉就提道當時的情形：

> 古人重非道，飢不苟豆羹。有為非其心，或不脫晃行。如
> 何後世人，以官業其生。鄙哉樂欺人，猶以聖自名。

古人對於不合道的就不會去接受，當官也是一樣遵守原則，寧願放棄官位。但是現在人卻相反，接受不合道的還以為是聖賢。所以王令認為當時是無道的，但是在多首詩中卻承認當世有道，宋代一朝是「清朝、聖代」、仁宗「甚明聖」〔註6〕。但是對於「仕進」，王令自己是「不作明堂柱石臣，要當歸去老江濱」（〈答許勤之〉），也會勸朋友「誰與躘徒爭有道，好思吾黨共言歸」（〈寄介甫〉）不如辭官隱居。但不是所有的論調都偏向放棄官位，覺得當官還可以接受的論點就出現過，「直道無適可，小官真漫論。夫君自行義，而我更何言」（〈送李廷尉濠梁〉）、「尉官雖小俸雖薄，猶有餘錢買甘養」（〈送朱明之昌叔赴尉山陽〉），由以上可知王令對於小官不反對，一方面可以奉養家

〔註6〕　〈唐介〉裡面提到「然今天子甚明聖」，〈李南夫罷舉歸隱〉慰勉他雖然「清朝未得榮簪紱」〈庭老罷尉金壇〉記有「莫嘆一官淹聖代」，〈聞富幷州入相〉說道「輔弼終歸聖慮精」。以上都肯定仁宗一朝是明君聖世，與天下無道觀點相違背。

人，一方面自己也是可以行爲合義的，他沒有反對朋友當官。另外，當官與不當官有時候差異並不那麼明顯，「客食官居同是苟，何須稱別異平生」（〈答孫莘老見寄〉）官居生活與客食生活是相同的，甚至都要面臨生活的困難，在〈送李公安赴舉〉就聲稱「仕道得亦嗟，困窮失爲懼。二者各有命，予亦何所與」。從生活來看王令也不反對「仕進」，甚至不只在年少時想當官，他在朋友唱答中表達過「何日功名就，青雲日月磨」（〈答滿子權兼簡衡父〉），在〈聞邕盜〉中也表達自己想要「好將弓劍隨軍去，況是英雄得志秋。若使班超終把筆，由來何路取封侯」英雄不建立功業如何能名留千古？對於仕進與否，以個人立場而言，雖然深知自己個性不適合，「君知仕路三無慍，我與人情七不堪」（〈寄宿倅陸經子履〉）不過有時還是會動心，但面對他人時，因爲對象不同而常常有所改變，這是在研究王令時察覺他立場的矛盾。

（二）似儒是道的叛逆精神

王令覺得自己本質是儒家，他說「孔孟去已久，寥寥泣遺編。斯道未易爲，今古如同年」（〈士常患不學〉），對於孔孟極力推崇，對於道與佛是排斥的態度，自己在〈道士王元之以詩爲贈多見哀勉因以古詩爲答〉表明「王君異學者，見我加嗟咨」，在〈送僧自總〉也表示：「噫佛與吾學，兩分不相全。今余與子遇，無異東西轅」立場十分鮮明。但是有時候所作所爲卻又像是個道家，譬如在〈贈周伯玉下第〉就以「於身亦何預，時與外物借。嘗聞莊生言，中不怛外化」勸戒周伯玉官途不順利時就引用莊子的一段話。在〈南山雪〉裡面更以莊子論點支持自己：

> 世於利祿不擇義，苟可走奪足恐蹉。家儲千金吝銖兩，不敢盡費烏用多。百年到死財幾日，恃若固有理則那。莊生嘗以富爲病，愛其放達與俗過。南山衣雪變群玉，舉以賣世售幾何。山翁固亦富自喜，稚子無誚貧猶歌。

王令指出世間人追求利益不擇手段、不顧道義，對於財富千金往往過

度患得患失，但是他論證的方式是「百年到死財幾日」，這種對於生死無常、人生苦短而勸人看輕富貴的是宗教勸人解脫的論點，儒家並不反對擁有財富，孔子也甚至說過：「富而可求也，雖執鞭之士，吾亦為之；如不可求，從吾所好」〔註7〕，對於不義之財當是用這種論點來支持。他卻說「莊生嘗以富為病」，莊生是道家的代表，王令卻「愛其放達與俗過」說明自己不反對道家的立場。以上都顯示王令對於道家有一定的接受程度，但是他對於佛教還是採取反對。這表示了王令對於孔孟不是教條式的接受，有些觀點不同、立場迥異的地方是有他個人思想堅持的，像是午睡這個習慣，在〈寄滿子權〉就紀錄了「窗前午枕夢忘還」，〈春夢〉也寫到「日午困魔來，四體倦欲解」，王令甚至還為午睡寫了支持論點的詩篇：

> ……須知睡義大亦盛，豈獨床第誇昏迷。君子勞心事業暇，得時休息安天倪。小人一心包萬險，迫退就枕皆平夷。使其睡心大充擴，去與君子何毫絲。……（〈晝睡〉）

這如果對孔子來說，就真的是叛逆了，在《論語·公冶長》就責備過「宰予晝寢。子曰：『朽木不可雕也；糞土之牆，不可杇也。於予與何誅？』」〔註8〕。但是王令指出睡覺裡面有大義，君子睡覺可以休息「安天倪」修補過度勞累的身心，小人睡覺可以「平夷」不興風作浪，而且不做壞事時候跟君子沒有兩樣。依照王令的說法，午睡這件事情是可以自圓其說的，但是如果按照《論語》所表達的，他的說法可能就淪於詭辯。另外拿「南山衣雪變群玉，舉以賣世售幾何」這種類似「點石成金」的事情應該是道教的術法才有辦法實現，王令在詩中的想像不是儒家所能支持的。總結上述，王令的觀點主要立場是儒家，但是在需要有利論證時會採用道家的思想，看似儒家的王令偶爾沾染道家習氣而不自知。

〔註7〕 〔宋〕朱熹：《四書集注》（臺北，世界書局，1963年），頁96。
〔註8〕 〔宋〕朱熹：《四書集注》（臺北，世界書局，1963年），頁78。

第三節　王令精神的漸變——從靈魂三變探析

　　人生境界需要經歷一段漫長的生命歷程才能醞釀變化，而重要的是過程的經歷累積，特別是苦痛對人的折磨更會加速昇華精神的超越與解脫；因此本節試從尼采的「靈魂三變」〔註9〕的比喻來賞析王令的詩歌，可以知道他在入世見苦中亦能超脫自樂。靈魂三變指的是精神由「駱駝」變為「獅子」再變為「嬰兒」，這三種歷程有其喻義——駱駝代表忍辱負重、獅子代表勇往直前、嬰孩則是新生有無限可能〔註10〕。而尼采的設定是在沙漠中，所以駱駝負重把「勇敢的精神都擔載在身上」，獅子則「為著新的創造而取得自由」，嬰孩是「是天真與遺忘，一個新的開始，一個遊戲，一個自轉的輪，一個原始的動作，一個神聖的肯定」意味著擺脫限制而活出自我。尼采於《查拉圖斯特拉》提出靈魂三變，指出人必須有自己的意志才能取得自己的世界。王令肩負儒家的道，他要抵抗世俗，寧願貧賤也不當官，但是他還是守著詩人之心，用真善美的眼光來看待世界，就算是諷刺也是出於一片仁心而非謾罵。為此，本節欲從「靈魂三變」探討處於「仁義沙漠」的世道中，王令如何堅持理想，磨練心志，讓自己的世界不受外在環境的影響。

一、駱駝——貧苦堅守儒道

　　駱駝是沙漠之舟，當其面對沙漠的險惡環境不只能行走其間，又能負載重物，蘇珊玉如此說明：「駱駝的精神經驗在於『勇敢承擔的堅毅』」；此駱駝的精神就如同王令生存在貧苦的環境，雖以其為苦，但仍然堅守儒道精神一樣。在宋代詩人中，許多詩人會將儒、釋、道的思想融入在詩歌中，例如蘇軾〈和子由澠池懷舊〉中有「老僧已死成新塔，壞壁無由見舊題」、曾公亮〈宿甘露寺僧舍〉、林逋〈孤山寺

〔註 9〕　尼采：《查拉圖斯特拉如是說》（臺北，志文，1983 年），頁 64。
〔註10〕　對尼采「靈魂三變說」的闡釋參見蘇珊玉《人間詞話之審美觀》第 304 到 305 頁。

瑞上人房寫望〉……等，由內容或題目可知道該詩人與僧侶有所往來，但是，王令既然以韓愈爲效仿對象，自我期許也相當高，自然不會與僧侶、上人等有所往來，在詩句或標題中自然也不會有佛、道的影子。他以純粹的儒道自居，但是也不是個腐儒，在姊姊成爲寡婦之後，王令是贊成家姊再回到王家，這一舉動曾引起軒然大波，因爲嫁出去的女子就像潑出去的水，但是他不以爲然。禮教雖爲社會禮俗規範，另一方面也是儒者所有行爲的圭臬；然而基於禮教也有其限制之處，王令是個儒家君子，以道統爲己任、居仁由義的士人，也不會陷溺其中而成爲學究，〈答黃籔富道〉：「姊寡不能嫁，兒孤牽我啼」，詩中提到家姊的生活困難之處是使王令無法見死不救的原因。王令身上的擔子，從生活面上來說，由「祖死不反骨，姊寡歸攜甥。蒼黃無爲謀，嘆慨私失聲。」（〈謝束丈見贈〉）的短短數語道出其生活艱辛。況且王令在之後又得了腳氣病；在〈寄滿子權〉提到「予亦如常時，病與貧相俱」。王令越到生命末期，所受的苦痛只有層層的增加，重重地壓迫著他，讓他在生活中喘不過氣來；但是詩文是王令心靈的慰藉，正如同孔子所言「詩可以興，可以觀，可以群，可以怨。邇之事父，遠之事君。」（註11）。詩歌對於王令來說，就像是支撐他生命的力量，他將所有一切都記錄在詩文之中，詩對於他來說不止於日記似的記錄，更像是反抗命運的武器、批判社會的大聲公，他還在詩歌中添加想像力與誇張筆法來加強突出強烈的個人情感。

　　另外，王令以儒家精神自我期勉，以傳承道統爲努力目標。王令在〈師說〉說：「自周至唐，綿數千歲，其卓然取賢自名，可以治國者，由孟軻抵韓愈，才三四人。」又在〈我思古人答焦千之伯強〉中：「載重道遠兮，予欲行而誰與。累九鼎以自重兮，顧尫羸之弗舉。」表明自己遵從先賢古聖之道，同時認爲「古賢不易養，養賢則已而。今賢養自易，無於古加疑。」（〈養賢〉）勉勵有志一同的朋友。王令

〔註11〕　〔宋〕朱熹：《四書集注》（臺北，世界書局，1963年），頁178。

最推崇孟子，在王令詩中共有提及六次，專及孟夫子的詩有〈孟子〉、〈讀孟子〉，尤其在〈讀孟子〉中說：

> 去梁無故又辭齊，弟子紛紛益不知。天下未平雖我事，己身已枉更何為。後來誰是聞風者，當世何嘗不召師。 士要自高無顧世，遺編今亦有人疑。

這裡表面是指孟子，實際上作者是以彼喻此。從〈夢蝗〉詩的創作更可看出其心懷天下，因為江淮大鬧蝗災，到處餓殍遍野，滿目淒涼；王令見其景，因而憤作，這是他在蝗災肆虐之後，以人飢己飢，人溺己溺的態度來看待人民所受的災苦，故「天下未平」即攸關己事。正如《論語·泰伯》說：「士不可以不弘毅，任重而道遠。仁以為己任，不亦重乎？死而後已，不亦遠乎？」〔註12〕身為讀書人，他以經世濟民為己任；縱使本身已是三餐不濟，甚至到達「頹簷斷柱不相締，瓦墮散地樑架虛，門無藩闌戶不閉，時時犬豕入自居」（〈卜居〉）的地步了，對於救民於水火的熱情不曾減少；這便是像駱駝一樣，將所有責任一肩扛下，負重任遠地走過艱苦險惡的沙漠、度過人生的炎涼，更顯現出其古道熱腸與直率天真的本質。

二、獅子──不向現實低頭

獅子是萬獸之王，牠不受任何事物拘束。王令的思想奔放自由，行為上自然也是豪放不拘，他在〈秋日感憤二首〉之一如此寫道：

> 擊劍高歌四顧遲，男兒何事繫如瓜。蛟龍不是池中物，燕雀烏知隴上嗟。命有儻來猶末耳，天徒生我使窮耶。謝安未是才難者，底事蒼生卻盛誇。

男子漢應該是仗義任行，手持刀劍、引吭高歌，藉由瓜的比喻，巧妙暗引「吾非匏瓜豈不食，身懷抱負志不遷」〔註13〕，就像蛟龍被困在

〔註12〕 〔宋〕朱熹：《四書集注》（臺北，世界書局，1963年），頁104。

〔註13〕 《論語·陽貨》：「佛肸召，子欲往。子路曰：『昔者由也聞諸夫子曰：『親於其身為不善者，君子不入也。』佛肸以中牟畔，子之往也，如之何！』子曰：『然。有是言也。不曰堅乎，磨而不磷；不曰白乎，涅而不緇。吾豈匏瓜也哉？焉能繫而不食？』」〔宋〕朱熹：《四書集

淺灘，空有才能卻無法發揮。那瞵視昂藏、氣概雲天的姿態才是真正的勇者。就如同蛟龍般，是要自由自在飛騰於天上，這小小的水池如何能久居，所以說燕雀安知鴻鵠之志；像謝安那樣的才能並不難做到，那只是天下蒼生過於誇讚他的事蹟。對於王令來說，貧窮不過是生活的狀態，不是心靈的主宰。心靈自由才能不被生活的重擔壓垮，其外在形體雖然被生活的重擔層層束縛，但是內心卻是無拘束的。然而，這卻和道家所謂的「逍遙」之精神不同，道家的「逍遙」是對於人世完全地拋棄，內心避免情感的存在，對於生命的本身是減去的、消極的看法，雖然同樣會達到內心平靜的地步，卻不是王令所要的。他所要追求的解脫是讓心靈脫離生活環境上的限制，也就是「貧苦」；然而，自身的情感還是存在的，且需用更積極的方式看待生命。因此，他認為環境再怎樣艱苦，都還可以忍受，唯獨不能忍受的，是生命失去了熱情與目標。他是如此堅持自己的想法，擇善固執而不迎合媚俗。

當王安石讚美王令「足下之材，浩乎沛然，非某之所能及」〔註14〕、「足下之行，學為君子而方不已」〔註15〕這一番舉薦之後，當時許多有聲譽的文人學者開始與王令投贈唱和，王令的詩文得以傳抄流通。王令聲譽赫然，便有不少好攀附之徒寡廉鮮恥，進譽獻諛，但是他不被名利沖昏頭，對於那些小人他是深惡痛絕到甚至下逐客令。他認為自我的價值與存在感來自本身，而非外在的溢美之詞，〈春城望湖〉中即寫明了這一點：

> 春城綠野鬱相望，閒客閒來興自長。不見暮雲成宿雨，空看芳草到斜陽。花生惡土終成笑，蘭不逢人自信香。雖有塵纓無處濯，坐觀漁者滿滄浪。

最值得一提的，就是這首詩的後半段強調——花朵雖然生在土質惡

　　　注》（臺北，世界書局，1963年），頁177。

〔註14〕　〔宋〕王安石：〈與王逢源書十二〉《王令集》（上海：上海古籍出版社，2011年），頁387。

〔註15〕　〔宋〕王安石：〈與王逢源書十二〉《王令集》（上海：上海古籍出版社，2011年），頁387。

劣的地方仍然會綻放它的美麗。蘭花的香味並非為了誰而存在，它們
都是為了本身的存在而努力，其自信不是外在賦予的；因為如果心有
所求，便易受其拘束而喪失自由之身，又怎能花自綻放蘭自香呢？相
同的道理，君子並不因為當官與否而隨之起舞，或者因為運途不濟就
輕易地放棄了原則，所以孔子說：「君子無終食之間違仁，造次必於
是，顛沛必於是。」〔註16〕最後的兩句詩意謂雖然世間混濁無法有清
流來洗滌已弄髒的帽帶，但是想要釣到魚的漁夫卻更是在浪中跌跌撞
撞。在這裡王令用了典故與暗喻，說明自己不像孟浩然那般「坐觀垂
釣者，徒有羨魚情」的感慨，王令認為如果投身官場只會使自己不得
自由。

　　另外，王令除了擁有自由，他更可以因此毫無掛慮地以中立的立
場批判當時的時政，為人民出一口氣。就像是獅子一樣大膽發聲，吼
出人民的心聲。就以〈原蝗〉一首來說，為了明白蝗災產生的真正根
源，經過冥思苦想，詩人終於找到了答案：「始知在人不在天」。蝗災
的降臨，並不像官府解釋的那樣是天降災殃，而是和官府的熟視無
睹、毫無作為大有關係：

　　　……譬之蚤虱生裳衣，捫搜剔撥要歸盡，是豈仁者尚好之！
　　　然而身常不絕種，豈此垢舊招致斯？魚枯生蟲肉腐，理有
　　　常爾無何疑？……

正像衣裳垢舊，蚤虱不絕，捫搜剔撥，方能盡除，只要官府關心民瘼，
採取預防措施，災害是可以減輕以至消除的。而正是統治階級的政治
腐敗，無所作為，才使得蝗災如此的肆虐。經過一層一層的剖析探究，
統治階級那冠冕堂皇的理由馬上就被推翻，而他們試圖掩蓋的真相終
於浮出檯面，使百姓都有所警醒，同時也啟迪那些憂國憂民的有志之
士：「誰為憂國太息者，應喜我有詩《原蝗》。」這就表現了獅子的自
由自在、主持公義的精神。

〔註16〕　〔宋〕朱熹：《四書集注》（臺北，世界書局，1963年），頁70。

三、嬰孩──純眞自我任天性

　　嬰孩所代表的精神是無功利、純眞的精神，王令不以富貴利祿爲目標，在生活中雖然深受貧窮所苦、病痛所折磨，但是他的內心還是保有赤子之心，對於尋常事物總能帶著好奇與想像來觀看，他雖無法增加生命的長度，但是卻爲自己帶來擴充生命廣度的無限可能。例如〈晚虹〉寫：

> 晚虹隨雨過山巔，誰插青雲倒掛懸。可惜兩垂空到海，不令一直徑沖天。不堪暮靄難相蔽，常到斜陽亦可憐。好使渴來能劇飲，且教溪壑減清淵。

首先運用擬人修辭來描述彩虹，它隨著雨翻過高聳的山巔，又穿過雲朵而懸立在天上。王令就想，如果彩虹能直貫天際應該更好，可惜只能兩端垂於海面。彩虹的難爲在於不能久存與維持不易，王令也因此爲它傷感了起來。這裡就像是小孩子對著大自然的景象發出天馬行空的豪語，一般大人早已被俗事纏心、塵物蔽眼，哪能這般熱心地探索身邊周遭的自然景物？從一方面來說，他正是童心未泯，對於自己的純眞與想像毫不遮掩地表達出來，這是相當不容易的；因爲詩歌非遊戲，但是王令用遊戲的心來專務詩歌，使他的詩歌有了柔軟的、有趣的另一種風格。關於兒童式想像力的，還有〈金繩掛空虛自勉兼示束孝先〉：「金繩掛空虛，日月繫兩垂。天童坐戲弄，縱掣成東西。」，作者把日月的運轉想像成有一小孩拿著金繩，兩端綁著日月來玩耍，所以造成烏飛兔走的現象，這些有趣味的詩讀來都令人覺得耳目一新，不落窠臼。王令也有誇張式的筆法，〈苦熱〉便是如此：

> 土燥木根焦，禽窮自拔毛。龍遺赤日走，天避火雲高。虎懼千山熾，鯨憂四海熱。風微不飽腹，蟬亦爲身號。

天氣酷熱到土裂樹根焦，連禽鳥都恨不得退去全身羽絨。龍遺留下火熱的太陽自顧離開，天與雲似乎也都因爲火熱的焰氣薰蒸地高離地面。虎雖勇猛卻怕深山的熾熱，鯨魚這海中巨無霸也因怕四海燒滾而擔憂起來。風僅微微吹拂，絲毫起不了作用，蟬也被炎熱天氣烤的哀

嚎不已。這些詩句讀來都輕鬆卻處處令人驚奇，忍俊不已之際也忍不住令人讚嘆作者將悶熱的天氣表達地如此深刻、不凡。

此外，王令對於詩歌，除了議論、說理式的題材外；亦有以景物為主，將深刻地人生體會及點點情感融入其中。如，春天這般充滿詩意的季節，作者也有其感發，寫下了〈春意〉：

> 春空漠漠多愁容，春意冉冉隨歸鴻。寒雲飛高不肯雨，白日翳暗何時風。閒花野草各意態，濃煙弱柳相昏蒙。北窗厭睡不知夜，起見海月如秋空。

春天使人憂愁，春天的氣息也隨歸去的鴻鳥高飛。這裡「漠漠」、「冉冉」兼顧意象與聲情，「空漠漠」重複疊字使之加重「空」的程度，連續往下的聲調使愁容更加沉重；「冉冉」是緩緩，春天慵懶的感覺油然而生，加上逐漸往上的聲調增加了鴻鳥飛升的意象。春天裡積雲不雨，又晦暗無風使萬物更加毫無活力。所以「閒花」、「野草」、「濃煙」、「弱柳」這些都是應該要生機蓬勃的也是昏昏沉沉地。自然界都如此了，人也是慵懶與昏睡不已，把海與月空明的景象也錯當成秋天夜的夜色。這裡全是用柔性的筆觸來細細寫出春天慵懶柔媚的感覺。

關於深山探訪的幽靜，在〈溪上〉這首詩也表達毫不遜色：

> 溪上清漣樹老蒼，行穿溪樹踏青陽。溪深樹密無人處，祇有幽花度水香。

溪上清水流動，老樹蒼綠著，作者趁著春光明媚穿越溪樹，溪流深深地蜿蜒著、樹林濃密地籠罩一大片山野，這「萬徑人蹤滅」（柳宗元：〈江雪〉）的景象大有桃花源的意味，讓王令一個人心靈沉澱，直接欣賞自然裡靜謐、隱微的美，最後一句把焦點放在「幽花度水香」。在當時後作者除了視覺上的感受——「溪上清漣樹老蒼」，也一定有聽覺上的感受——溪水流動或者鳥鳴；但是他把潺潺流水消音了，只取花香，走入其中原始而不受人為開發的老樹雄偉成群，在這林裡一大片蔭影看似毫無生機，但是此時卻有一陣看不見的花香伴著溪流一陣陣飄過來，作者從這裡表達了溪上的美是無形卻無所不在的。

作者也有柔情似水的一面，從內心幽曲細寫情感變化，端看〈春夢〉便知：

> 湘水茫茫春意闌，岑郎一睡片時間。誰知行盡江南路，枕
> 上離家枕上還。

王令從十七八歲開始，就獨自一人為養家糊口而四方奔走，飽受了世態炎涼，人情冷暖，自二十五歲那年秋天，他辭別束氏，到潤州以求聚徒教授糊口。然在潤州事久未成，又不得不重返瓜洲。他常以孤雁自喻：

> 萬里長為客，飛飛豈自由？情知稻梁急，莫近網羅求。關
> 塞風高夜，江湖水落秋。哀鳴徒自切，誰謂爾悲愁。(〈雁〉)

這首詩末兩句正道出他的無奈與心酸之處，生活像無根浮萍，身不由主到處漂泊，滿腹的思鄉情懷只能寄託在夢中，親人在天之一方，自己卻獨自在另一方，這酸楚在春意浪漫的季節更加勾起作者的兒女情懷。以上都是代表詩人有著柔軟如嬰孩的詩心，不帶功利而順應自己性情、回歸純真，在現實的桎梏中讓精神自由。也讓他在仁義的世界，不受外在貧賤與疾病而動搖。

第四章　王令詩歌之評價與省思

　　關於王令的詩歌評論偶見文學史的篇章一隅，大都是在王安石之後的寥寥幾行便斷定了他的價值。文學史多以《四庫全書》所言：「令才思奇軼，所為詩磅礴奧衍，大率以韓愈為宗，而出入於盧仝、李賀、孟郊之間。雖得年不永，未能鍛鍊以老其材，或不免縱橫太過。而視侗促剽竊者流，則固偭偭乎遠矣」〔註1〕來定論。然而，尋求王令的詩歌價值其實可以從其他面向討論，王安石雖是伯樂，一眼識出王令的詩歌有其特色，卻隨著詩人二十八歲的生命殞落，還來不及看到成熟及轉變的可能就已經蓋棺論定了。因此王令詩歌未能像歐陽脩、蘇東坡一樣立派開枝，也無法像王安石以詩文傳世，被譽為「王荊公之體」，但是其價值是可以披沙揀金後顯露出來。

第一節　對於前人的繼承

　　宋仁宗時期因為在政治背景紛亂的情況下，外有敵國侵犯，內有災禍民亂，文人「先天下之憂而憂，後天下之樂而樂」的憂患意識提升，正所謂「國家有難，匹夫有責」，王令認為「生民待儒效」因為「弊世誰思救，仁賢自合振」。就此而言，崇尚浮靡的西崑體之風不

〔註1〕　〔清〕紀昀等撰，四庫全書出版工作委員會編：《文津閣四庫全書提要匯編》（北京：商務印書館出版，2006 年），頁 172。

合時宜，因此詩壇的領頭羊如歐陽脩、梅聖俞、蘇舜卿等，對於詩歌的創作尋找其他的可能。宋詩如何自出一格，就如清代袁枚主張「宋學唐，變唐」〔註2〕，而韓愈的詩「以文爲詩、以議論爲詩、以奇崛爲詩、以雕縷爲詩、以義法爲詩、對宋人尤其是歐陽脩、梅聖俞、王安石、王令、蘇軾、黃庭堅，以及江西詩人多有影響」〔註3〕。王令從韓愈的爲詩之道而能「腐朽化爲神奇」〔註4〕、雄渾又兼詭奇。而貝金鑄《北宋青年文人王令研究》中將王令歸納爲新變派，但是依憑著「對歐陽脩的景仰與有著新變派的共同特點」不足以支持，又新變派受歐陽脩提拔而爲官，這點與王令更不符合，因此此處不論派別而針對王令對前人的繼承來書寫。〔註5〕

一、追循韓愈詩風

　　韓愈貢獻如陳寅恪先生所指出的建立道統、直指人倫、改進文體這三方面〔註6〕。從道統的建立可以讓儒學的淵源有所本；人倫的重視可以讓君臣乃至人民有所規範；改進文體恰巧讓尋找文學改革的宋代詩人有所學習。王令〈師說〉一文中說：「自周至唐，綿數千歲，其卓然取賢自名，可以治國者，由孟軻抵韓愈，才三四人。」韓愈既是大政治家，也是大文學家，是結合政治與文學的成功領導者，堪稱

〔註2〕　〔清〕袁枚《小倉山房文集》（上海：上海古籍出版社，1988年），卷17，頁1502。

〔註3〕　見張高評〈北宋讀詩詩與宋代詩學 —— 從傳播與接受之視角切入〉，《漢學研究》第24卷第2期，頁191～223。

〔註4〕　〔清〕顧嗣立《寒廳詩話・卷十三》：「韓昌黎詩句句有來歷，而能務去陳言者，全在於反用。……學詩者解得此密，則腐朽化爲神奇矣。」（北京：北京圖書出版社，1916年），頁112。

〔註5〕　王令的派別應當是梁昆所言爲是，他指出：「古文詩體以昌黎爲宗主，以太白爲副。」因爲王令的確承接韓愈詩風外，又自言：「欲將獨立跨萬世，笑謂李白爲癡兒。」見《宋詩派別論》（台北，東昇，1980年），頁38。

〔註6〕　陳寅恪：《金明館叢稿初編》（北京，生活・讀書・新知三聯書店，2001年），頁319。

文人理想發揚的典範。清代葉燮〈原詩〉稱：「宋之蘇、梅、歐、蘇、王、黃，皆愈爲之發其端，可謂極盛」〔註7〕，宋代的大家如蘇舜欽、梅堯臣、歐陽脩、蘇軾、王安石、黃庭堅都向韓愈看齊，於是形成一股韓學。而王安石的至交王令，對於韓愈、孟郊的崇拜可以從〈答束徽之索詩〉看出：

> 努力排韓門，屈拜媚孟灶。惟此二公才，百牛飽懷抱。我如餓旁者，盼盼不得犒。不知去幾多，窮行究未到。無門隔藩籬，發蟉窺堂奧。愛之不可入，抵觸發狂噪。……

詩中提到「努力排韓門」一點也不誇張，當時有份量的文學巨擘都向韓愈傾靠，其中的養分可使「百牛飽懷抱」進而形成一股狂熱。王令也學韓孟詩風，但自認爲努力的結果還是「盼盼不得犒」、「窮行究未到」，爲此心焦怒急到「抵觸發狂噪」。由此可知，《四庫全書》評論「以韓愈爲宗」是很中肯的定論。

（一）對韓詩筆法的仿擬

本文對仿擬的定義用黃慶萱所主張：「仿擬可分廣義、狹義兩種。廣義的仿擬指單純對前人作品的模仿，可稱之爲『仿效』」〔註8〕。王令的五七言古詩仿用韓愈以文爲詩的賦、夾敘夾議、誇張想像的筆法，使得作品在形式結構上維妙維肖。如韓愈的〈陸渾山火和皇甫湜用其韻〉的想像筆法有許多王令的借鏡之處：

> 雷公擘山海水翻，齒牙齚齰舌齶反。電光磹䃟目暖，頊冥收威避玄根，斥棄輿馬背厥孫。縮身潛喘拳肩跟，君臣相憐加愛恩。命黑螭偵焚其元，天關悠悠不可援。夢通上帝血面論，側身欲進叱於閽。帝賜九河湔涕痕，又詔巫陽反其魂。徐命之前問何冤，火行於冬古所存……。〔註9〕

〔註7〕　〔清〕葉燮，霍松林校注：《原詩》（北京：人民文學出版社，1979年），頁8。

〔註8〕　黃慶萱：《修辭學》（台北：三民書局，2002年10月），增訂三版，頁99。

〔註9〕　〔唐〕韓愈：〈陸渾山火和皇甫湜用其韻〉《韓昌黎全集》（台北：新

「雷公擘山海水翻」、「命黑螭偵焚其元」、「夢通上帝血面論」這種神話方式的敘述,一方面可用誇飾手法來增加形象的鮮明,另一方面也可以能讓文章意象遼闊。譬如〈贈黃任道〉中對於長江的由來加以想像:

> ……想其根源發聲勢,如縱烈火燒千雷。古來走死萬萬腳,竟莫識自何來哉。我疑鴻荒混沌日,沖破天地之元胎。誇娥搖頭巨靈走,避不敢道曾疏開。……

這裡用了「烈火燒千雷」、「走死萬萬腳」超乎現實的想像增加了張力與氣勢,而「元胎」、「誇娥」、「巨靈」則充滿浪漫奇異的色彩。另一首詩〈呂氏假山〉中把假山原來是「鯨牙鯤鬣相摩捽,巨靈戲撮天凹突」,為了判定假山還能「醉揭碧海瞰蛟窟」。而王令也喜歡將自己與神靈鬼怪對話,藉由對話來讓真理不辯自明,譬如〈春夢〉詩中所提及的第三夢:

> ……三夢夢我身,化為鳴鳳雛。飛飛兩足高,迅迅六翮舒。直上高高天,天門閉鎖阻我回。我留不肯去,以翼搏天天門開。天公遣玉女,問我何事來。再拜謝天公,賤臣無所知。幸至天公前,敢問無所屍。……

這裡的「天公」與韓愈的「上帝」一樣,對於現實的憤懣展現在詩中。〈夢蝗〉更藉由與蝗蟲的對話,將醜陋的亂象一一道破。一開始王令對於蝗蟲的危害氣憤到「發為疾蝗詩,憤掃百筆禿」,希望「一吟青天白日昏,兩誦九原萬鬼哭」好讓上天也聽到,更不惜「半夜起立三千讀」。此間王令「夢蝗千萬來我前,口似嚅囁色似冤」對他大談人間醜陋,末了還不忘譏諷「吳飢可食越,齊餓食魯郊。吾害尚可逃,爾害死不除」蝗蟲吃糧不吃人,然而公卿高官「噬啖善人黨,嚼口不肯吐」。這些主要是模仿誇張想像的手法來讓文章生色。這些詩有模仿韓詩之處,但也做到自我創新。

興書局,1976 年),頁 112。

（二）對韓詩奇字怪語的仿擬

　　劉大杰認爲韓愈做詩「有些賣弄才學的意味。淺顯的意思，喜歡用古字眼來表示，令人讀時不得不翻查字典。」〔註10〕如韓愈評孟郊詩「橫空盤硬語，妥貼力排奡」（〈薦士〉）的「奡」其實是「傲」的古字；又如「過半黑頭死，陰蟲食枯骴」〔註11〕裡的「骴」是肉未爛盡的屍骨、「紅帷赤幕羅脤膰」〔註12〕的「脤膰」是古代祭社稷和宗廟用的肉〔註13〕，因此「韓昌黎詩句句有來歷，而能務去陳言者，全在於反用」〔註14〕。王令的詩歌中有很多也是奇字怪語，如「不虞自投置，遂若鳥遭黐」（〈寄滿居中衡父〉）的「黐」是黏的意思〔註15〕。「渾渾九河翻，伿伿百川注」（〈古風〉）中「伿伿」形容船搖動的樣子〔註16〕。「笑顏快意面改色，食飲愜足腸生膋」（〈寄王正叔〉）的「膋」解釋爲脂肪的意思〔註17〕。「黯靉道旁樹」（〈游江陰壽寧寺〉）的「靉」是雲多而昏暗的樣子。另外韓愈在〈調張籍〉用了「我願生兩翅，捕逐出八荒」的超現實比喻，王令也仿用在「揚之遠定五千里，思得兩翅擘以飛。」（〈寄題韓丞相定州閱古堂〉）、「安得擘風翅，　飛出不自殿。」（〈對月憶滿子權〉）、「高樓暮插晴空肋，東望君心著翅歸。」（〈寄滿子權〉）王令相對於韓愈，更有意多次使用奇字怪語，利用這

〔註10〕　劉大杰：《中國文學發展史》（上海：復旦大學，2006年），頁104。
〔註11〕　〔唐〕韓愈：〈寄崔二十六立之〉《韓昌黎全集》（台北：新興書局，1970年），頁117。
〔註12〕　〔唐〕韓愈：〈陸渾山火和皇甫湜用其韻〉《韓昌黎全集》（台北：新興書局，1970年），頁91。
〔註13〕　參見《周禮・春官・大宗伯》：「以脤膰之禮，親兄弟之國。」鄭玄注爲：「脤膰，社稷宗廟之肉，以賜同姓之國，同福祿也。」
〔註14〕　〔清〕顧嗣立：《寒廳詩話・卷十三》（北京：北京圖書出版社，1916年），頁112。
〔註15〕　文懷沙主編：〈廣雅疏證・卷四上〉《四部文明》：「黐，黏也。」（陝西：陝西人民出版社，2007年），頁114。
〔註16〕　《揚子・方言》：「偈謂之伿伿。不安也」。注爲：「偈音俄。船動搖之貌也。」
〔註17〕　指的是脂肪。《詩經・小雅・信南山》：「執其鸞刀，以啓其毛，取其血膋。」鄭玄・箋：「膋，脂膏也。」

種違反常理的作法可以先令人耳目一新，再引人入勝達到特立獨出、不與俗同的目的。《詩話總龜》也舉證王令學韓愈之處，退之詩中描寫蚊蠅：「涼風九月到，掃不見蹤跡。」王令在〈晝睡〉則進一步描寫得更細膩生動：

> ……蚊虻交紛始誰造，一一口吻如針錐。嘬人肌膚得腹飽，不解默去猶鳴飛。雖然今尚爾無奈，當有獵獵秋風時。……。

一樣寫秋日蚊蟲，韓愈只寫出結果——「九月」把蚊蠅「掃不見蹤跡」。但是王令更加生動詳細地描寫，他從造化的「誰造」、到外觀誇示的「口吻如針錐」、再感悟只能「無奈」地等著「獵獵秋風」來「掃不見蹤跡」。可見王令對於韓愈詩風的仿擬並沒有囫圇吞棗，更帶有創作精神。

二、追慕孟郊詩風

王令對於韓孟二人的崇拜，正如韓孟二人之間的相互推崇，韓愈在其詩〈醉留孟東野〉說：「昔年因讀李白杜甫詩，長恨二人不相從。吾與東野生並世，如何複躡二子蹤？」〔註18〕而〈新唐書・孟郊傳〉形容孟郊是「性介，少諧合，愈一見為忘形交」〔註19〕劉克莊則詳記：

> 惟於孟郊特加敬，比之「長松」、「巨鍾」，自比「青蒿」、「寸莛」。又曰：「低頭拜東野。」其沒也，諡之謂貞曜先生。〔註20〕

而王令的〈還東野詩〉有生不逢二人的感慨：

> 吾於古人少所同，惟識韓家十八翁。其辭浩大無崖岸，有

〔註18〕 〔唐〕韓愈：〈醉留孟東野〉《韓昌黎全集》（台北：新興書局，1970年），頁102。

〔註19〕 見〔宋〕歐陽脩，宋祁：《新唐書》（北京：中華書局，1975年），卷176，頁5265。

〔註20〕 〔宋〕劉克莊：〈後村先生大全集・蒲領衛詩〉《宋集珍本叢刊》第八十二冊（北京：線裝書局，2004年），頁144。

似碧海吞浸秋晴空。此老頗自負，把人常常看。於時未嘗
有誇詫，只說東野口不乾。我生最遲暮，不識東野身。能
得韓老低頭拜，料得亦是無量文章人。前日杜子長，借我
孟子詩。三日三夜讀不倦，坐得脊折臀生胝。人笑我苦若
是，何爲竟此故字紙。童子請我願去燒，此詩苦澀讀不喜。
吾聞旁人笑，嘆之殊不已。又畏童子言，藏之不敢示。奈
何天下俱若然，吾與東野安得不泯焉。

王令首先對於韓愈有高度的評價與認同，因爲「惟識韓家十八翁」，
韓愈的詩辭語壯闊像無邊無崖的大海，還能「吞浸秋晴空」，然而孟
郊又得「韓老低頭拜」，王令對他的推估「料得亦是無量文章人」。王
令在讀了孟郊的詩之後——「三日三夜讀不倦，坐得脊折臀生胝」，
可見孟郊詩對於王令來說眞有其莫大的吸引力，因爲旁人對「此詩苦
澀讀不喜」，甚至想拿去燒，王令怕家童眞的這樣做而「藏之不敢示」，
只能有陽春白雪的感嘆。由此可見，王令對於孟郊詩歌的喜愛程度到
了手不釋卷、廢寢忘食的地步。

如果韓愈的詩風是「奇崛險怪」、「豪橫雄放」、「古雅沖淡之格調」
〔註21〕，那麼蘇軾提出「郊寒島瘦」，就點出了孟郊的詩風是「寒苦」，
而且這種自苦是「自爲之艱阻」，自己「窮愁死不休，高天厚地一詩
囚」〔註22〕。王令仿作韓愈的〈送窮文〉裡面提到的生活自處與孟郊
貧苦不相上下：

自我之生，迄於於今，拘前迫後，失險墮深。舉頭礙天，
伸足無地，重上小下，卒莫安置！刻瘠不肥，骨出見皮，
冬燠常寒，晝短猶饑。

王令在思想上追尋韓愈，在生活處境上幾近孟郊。因爲貧困而與孟郊
有高度共感，然而兩人對於「苦」字的演繹並不相同，孟郊的「苦」

〔註21〕 李建崑〈試論韓愈詩三種風格特徵〉，《興大人文學報》第 24 期，頁
13～26。
〔註22〕 〔金末元初〕元遺山〈論詩三十首・其十八〉：「東野窮愁死不休，
高天厚地一詩囚。江山萬古潮陽筆，合在元龍百尺樓。」〔唐〕杜甫
等原作；周益忠撰述：《論詩絕句》（臺北：金楓，1987 年），頁 101。

是「寒苦」，因家貧不得溫飽而發，等到當官後便是「昔日齷齪不足
誇，今朝放蕩思無涯」（〈登科後〉）；王令的「苦」是「悲苦」因志向
與世俗相違背而勉強教書餬口，因此「食苦心無虞，守約自閒暇」（〈不
願漁〉）。王令心甘情願接受貧困這一處境爲的是實踐聖人之道：

> 晝日苦卒卒，忽焉不加思。長夜漫不眠，起複日所爲。所
> 爲浩多愧，不與初心期。虛云聖賢學，實從世俗歸。雖恥
> 猶奈何，長歌涕垂頤。（〈中夜二首〉）

王令正因守志悲苦而聲聲嘆「卒卒」，長夜裡反省白日所爲，愧對自
己又加深愁苦。雖然想要「萬金無枉志，千古有遺心」。但是現實還
是不斷考驗詩人，連租屋都要「吾求一屋逮兩月，貧不謀貴何以圖」
（〈卜居〉）捉襟見肘到連王令自己都不得不發出「乃知窮則失自愛」
的感嘆。王令在夜裡反省自己有無違背「初心」，雖然心想從「聖賢
學」所爲卻從「世俗歸」。

對於孟郊詩風的仿擬，王令在寫寒苦詩時也是維妙維肖。孟郊的
代表作〈苦寒吟〉將他的困苦生活充分表達：

> 天寒色青蒼，北風叫枯桑。厚冰無裂文，短日有冷光。敲
> 石不得火，壯陰正奪陽。調苦竟何言，凍吟成此章。〔註23〕

裡面「天寒」、「枯桑」、「厚冰」、「冷光」、「不得火」、「壯陰」、「凍吟」
一層層堆疊，每一句都有「寒」冷的意象。而王令的〈雪中聞鳩〉裡
面也仿擬層遞來堆疊累積「寒」苦之感：

> 孰謂拙者鳩，已厭不可彈。吾寒方病雪，爾何雪自喚。寒
> 城千萬家，什伍赤兩骭。通衢結沍冰，走指墮或半。門閉
> 市無人，灶冷煙不爨。俗以雪爲賀，我獨雪之歎。富貴宜
> 爲憂，不憂亦何患。

由「雪」、「寒」、「冰」、「冷」的這些關鍵字建立的穩定的規律性，
說不到二句話就緊扣「寒」的意象。又「長林剝霜紅，遠水漾寒派」
（〈書懷寄黃任道滿子灌〉）、「破窗多穿風，冷燭無定焰」（〈夜坐〉）、

〔註23〕清聖祖彙編：〈李白・將進酒〉《全唐詩》（台北：復興，1974 年），
頁 2201。

「凍琴弦斷燈青暈」(〈夜深吟〉)都是利用實際物品受寒冷毀壞而加深強調寒冷的感覺，如林遭受霜剝紅、燭焰遭受到風而明滅、琴弦遭受凍斷，都是借實寫虛。最後，關於〈雪中聞鳩〉的首尾議論是孟郊所沒有的，這也是兩人明顯的差異之處，王令也因爲把詩寫廣了，避免了孟郊短淺偪促的毛病。

三、奉行陶淵明隱逸思想

關於王令的隱逸其實是對政治的不認同，所以選擇以「道」爲依歸。但是遵守聖人之道並非如他所想的如此容易。理想與現實往往是相衝突的，他在詩歌中就如此描述：

> 擾擾從俗爲，日與所學戾。茫茫坐三復，心面自相愧。守
> 道惡從人，取俗患高世。誰令二者異，不得一吾致。(〈中夜〉)

王令的痛苦是因爲所爲與平生所學是相違背的，如果要秉持「守道」恐怕難以過生活，但如果「從俗」來應和，又與本身志向牴觸。面對這種矛盾，王令只能「心面自相愧」感嘆自己是表裡不一的人。這種矛盾的說法在政治立場上也相呼應，他指出「平時政要全稽古，盛世朝廷不乏賢」(〈醉後〉)如果政治人物遵循古人風範，朝廷正值盛世、人才輩出，那他選擇隱逸不應該只是順應自己的天性「不妨吾屬亦陶然」(〈醉後〉)。不過〈古風〉裡面就把事實的眞相一語道破：「古風何寥疏，世方盛誇慕。利塗劇先趨，直軌迷曲注。」對於「古風」如何推崇也僅是表面上的工夫，人人注重的是先追求自己的利益。在這樣的時代，一方面「守道惡從人」一方面又怕「取俗患高世」，那他到底如何是好？最後，他選擇跟陶淵明做出一樣的抉擇──「隱逸」。

王令選擇隱逸的另一個原因是不肯跟世俗一樣──「學成文武藝，貨與帝王家」[註24]，他的清高表述在〈次韻介甫集禧池上詠鵝〉

〔註24〕　見元朝無名氏的雜劇《馬陵道》楔子：「自古道，學成文武藝，貨與帝王家。必然見俺二人學業成就，著俺下山，進取功名。」〔元〕佚名：續修四庫全書編纂委員會編：〈龐涓夜走馬陵道雜劇〉《續修四

一詩：

> 池上溶溶浮暖日，野鵝無數自相於。謀生跡與風波密，擇
> 地心將網弋疏。毛羽鮮明疑振鷺，聲鳴和好似關雎。應憐
> 豢養輕身者，只直義之數紙書。

池子裡成群的野鵝在暖日中悠游自在，縱使要在風波中謀生，還是寧
願遠離網子和弓矢。他們羽毛鮮豔明亮好像鷺鷥，呼聲鳴叫好像雎鳩
一樣雅致。這樣的生活是值得憧憬的，看到那些甘願被豢養著的家鵝
十分同情，因為價值只成為王羲之筆下的那幾張畫作。王令利用野鵝
來暗喻自己不受利祿拘束，自由自在。與其看人臉色、仰人鼻息，不
如投身田居來得自在。〈不願漁〉也有同樣的思想，既然不是「結網
身」，那麼漁獲量豐收與否就與他無關了，冒著風險在風波間捕魚，
只是為了養妻活子。同樣是當官，古代和今人所追求的不一樣，古人
當官不是為了追求富貴。所以如果是王令自己就會選擇「歸耕南山
下」，這樣就能「食苦心無虞」，自律「守約自閒暇」。今人只是做樣
子，說一口漂亮的話，根本就沒資格談論放棄富貴學耕作之事了。

這種風範只有像陶淵明這樣的高士才能做到，到手的富貴說放棄
就放棄、想隨天性就隨天性，守著聖人之道而不被富貴所左右。再者，
王令明白一件事，就是政治說穿了是看帝王的臉色，如果僅僅為服務
帝王之家而放棄自己的理想，那無論被升官或者貶謫都永遠都無法實
踐聖人之道。

第二節　與王安石的交流

至和元年（1054 年）時，王令在高郵投書給正要進京的王安石，
獻上〈南山之田〉一詩而獲得王安石的青睞，兩人從此締結深厚的情
感，王令也因為透過王安石而能與其他文人如王安國、朱明之、孫覺
等來往，更進一步地讓更多人知道王令的才德〔註25〕，如至和二年，

庫全書》，第 1761 冊（上海市：上海古籍，1995 年），頁 321。
〔註25〕　〔宋〕王直方《詩話》云：「王逢原見知于王荊公，一時附麗之徒，

邵必舉荐給朝廷。因此，王令也以文德兼具在揚州地區擁有名氣，成爲地方文學家的代表。

一、從相知到相惜

二十二歲的王令與三十四歲的王安石兩人結識時相差十二歲〔註26〕，但是兩人一見如故，王安石對於王令的評價極高，曾說：「晤言相與入聖處，一取萬古光芒回」〔註27〕。兩人十分看重彼此，以道德相許，所以王安石才說「相與入聖處」討論到聖賢之道而能從中得到更多的領悟。兩人之間的交游深厚，王安石除了積極地撮合其妻表妹嫁與王令，前後寫了書信給其舅〔註28〕。在文學方面，王令投贈王安石的詩高達十八首，王安石則是寫給王令一首詩及十二篇書信，在王令死後又以一篇輓辭——〈逢原挽辭〉，五首詩——〈哭逢原〉、〈思逢原〉、〈思逢原二首〉、〈別孫莘老思王逢原詩〉，二篇散文——〈與崔伯易思王逢原書〉、〈與王深甫論王逢原書〉來紀念王令。

（一）王令對王安石的鼓勵

王令對於王安石在仕途上的受挫會加以慰問與鼓勵，例如〈送介甫行幾縣〉就是王安石不得志而屈居地方官三年而勸他不要失志之作。王安石當了三年的廄牧，地方問題眾多須待解決，有「民氓墮窳」、田已滿水苦無「思貨種」、經過冬後「鰥寡待周貧」，這些問題一時間也解決不了，王令勸王安石先放下，不如趁著「江湖興」來一起同享釣魚的快樂。而王令也在其他詩中關心王安石的治理順遂與否，如「泰伯人民堪教育，春申溝港可疏通」（〈憶江陰呈介甫〉）

日滿其門，進譽獻諛，初不及文字間也。」

〔註26〕王令生於（西元1032年），王安石生於真宗天禧十五年（西元1021年），兩人相遇於至和元年（西元1054年）。

〔註27〕〔宋〕王安石：〈寄王逢原〉《王令集》（上海：上海古籍出版社，2011年），頁396。

〔註28〕〔宋〕王令，沈文倬校點：《王令集》（上海：上海古籍出版社，2011年），頁383。

就是為王安石分析他所統轄的人民、管理的政務所給的建議。〈贈王介甫〉裡面就極力讚美與認同王安石的品德才能：

> 當世胸懷萬古淳，平生才術老經綸。況逢堯舜登賢日，不復伊周望古人。得志定知移弊俗，聞風猶足警斯民。九門無謁天旒邈，何惜長令仕為貧。

王安石在王令眼中，才高足以媲美聖賢，因為胸襟廣闊如「萬古淳」、才學熟稔「老經綸」，堯舜得到王安石的才能就足夠了，不用尋找伊尹和周公，這樣的高材等地就是時機而已，上天應當不會令王安石一輩子窮困，等時機到了也就能治理世界、改革俗弊。王令這段話還來不及驗證就先離世，令王安石痛心可惜。其實依王令的看法，政治一途實非長久之計，王令一開始投與王安石的〈南山之田贈王介甫〉，就是鼓勵他隱居：

> 南山之田兮，誰為而蕪。南山之人兮，誰教墮且。來者何為，而往者誰趾。草漫靡兮，不種何自。始吾往兮無耞，吾將歸兮客吾止。要以田兮寄我治，我耕淺兮穀不遂。耕之深兮石撓吾耒，吾耒撓兮耕嗟難。雨專水兮日專旱，借不然兮穎以秀。螟懸心兮螣開口，我雖力兮功何有。然不可以已兮，時寧我違而我無時負。

王令邀請王安石一起隱居，過著田園樂趣的生活，這也是他本意，所以在後來的贈詩，王令都會鼓勵王安石試著放棄官途。王安石剛好相反，他相信王令終究會有一番作為，不至於窮困一輩子，兩人之間微妙的觀念相互影響、而彼此的信念也相互鼓勵著。

（二）王安石對王令的追思

王安石在王令死後，對他十分思念，覺得未能在生前好好與他珍惜相處時間實在可惜，另一方面，王安石對王令的期盼深重，卻沒想到年紀比他輕的王令竟然會比他早離去。因此，他為王令寫了〈王逢原挽辭〉：

> 萬里竟何在，死生從此分。謾傳仙掌籍，誰見鬼修文。蔡

　　琰能傳業，侯芭爲起墳。傷心北風路，吹淚濕江雲。〔註29〕
王安石對於兩人「死生從此分」感到十分悲戚，對於王令所留下來的，希望能繼承他的精神，所以一方面是祝福王令的女兒能像蔡琰繼承父業，門人弟子能像侯芭爲楊雄一樣傳播其學說。王安石對於王令的思念，前後寫了四首詩，分別是〈哭逢原〉、〈思逢原〉、〈思逢原二首〉。

　　王安石聽聞到王令的死訊時心裡哀痛欲絕，寫下了〈哭逢原〉：
　　布衣阡陌動成群，卓犖高才獨見君。杞梓豫章蟠絕壑，騏驎腰裏跨浮雲。行藏已許終身共，生死那知半路分。便恐世間無妙質，鼻端從此罷揮斤。〔註30〕
一開始因爲王令的投書，讓王安石在平凡無名的布衣人群中發現他的才華，王安石爲此說過「始愛其文章而得其所以言，中愛其節行而得其所以行」，王令也就讓王安石對他「行藏已許終身共」，希望能一起隱居，但是王令先離去的消息讓王安石覺得世上再找不出像他一樣的人，心灰意冷到「鼻端從此罷揮斤」，知道自己痛失心靈契合的知己而感到可嘆，從這裡知道王安石對王令的看重與惋惜。

　　王安石在王令死後，發現王令不在，身邊就少了可以相知的人，因此他寫下〈思逢原〉來表達哀戚：
　　自吾失逢原，觸事輒愁思。豈獨爲故人，撫心良自悲。我善孰相我，孰知我瑕疵。我思誰能謀，我語聽者誰。朝出一馬驅，暝歸一馬馳。馳驅不自得，談笑強追隨。仰屋臥太息，起行涕淋漓。念子冢上土，草茅已紛披。婉婉婦且少，煢煢一女孷。高義動閭里，尚聞致財賮。嗟我衣冠朝，略能具饘糜。葬祭無所助，哀顏亦何施。聞婦欲北返，跂子常望之。寒汴已開口，此行又參差。又說當產子，產子知何時。賢者宜有後，固當夢熊羆。天方不可恃，我願適

〔註29〕　〔宋〕王安石：〈王逢原挽辭〉《王令集》（上海：上海古籍出版社，2011年），頁397。
〔註30〕　〔宋〕王安石：〈哭逢原〉《王令集》（上海：上海古籍出版社，2011年），頁397。

在茲。我疲學更誤，與世不相宜。宿昔心已許，同岡結茅
茨。此事今已矣，已矣尚誰知。渺渺江與潭，茫茫山與陂。
安能久竊食，終負故人期。〔註31〕

詩中看出，王令在王安石的心目中有舉足輕重的地位，他的逝世不但
引發王安石的愁思，甚至出門不知何去何從、獨自一人嘆息又泣涕。
由「我善孰相我，孰知我瑕疵。我思誰能謀，我語聽者誰」更可以看
出兩人交情的深厚已經達到知己的程度。最後，對於王令往昔希望能
「同岡結茅茨」歸耕南山下的願望表示遺憾，未能與之如願。

王安石把對王令的高才表達追思與感嘆寫成〈思逢原二首〉：
蓬蒿今日想紛披，冢上秋風又一吹。妙質不爲平世得，微
言唯有故人知。盧山南墮當書案，湓水東來入酒巵。陳跡
可憐隨手盡，欲歡無復似當時。

百年相望濟時功，歲路何知向此窮。鷹隼奮飛凰羽短，騏
驥埋沒馬群空。中郎舊業無兒付，康子高才有婦同。想見
江南原上墓，樹枝零落紙錢風。〔註32〕

由「冢上秋風又一吹」推知當於王令死後一年所作，也就是王安石經
過一年後，對於王令的思念依舊感傷。因爲他的才能不被世間所看
重，而其思想「微言唯有故人知」。王安石想與王令一起創造百年功
業，誰知王令於半路先撒手而去，留下來的志業沒有人可以繼承，王
安石所能見到的也只剩江南孤墳來追思。

二、兩人之間的交流

王令與王安石之間的書信往來密切，從王令贈送給王安石的詩歌
中，可以看出他對王安石的思念，而王安石對王令的讚美與肯定也在
書信中一一表達，這些書信提供研究兩人之間從文學、政治到情感之

〔註31〕 〔宋〕王安石：〈思逢原〉《王令集》（上海：上海古籍出版社，2011
年），頁397。
〔註32〕 〔宋〕王安石：〈思逢原二首〉《王令集》（上海：上海古籍出版社，
2011年），頁398。

間交流的證據，因此在文學史的編排上往往把王令排在王安石之後不是沒有原因的。

（一）王令對王安石的思念

王令對於王安石的思念通常是因舊景重遊而想起，或是在冬末歲終時因爲孤寂而想起。兩人一起出遊過許多地方，但是除了欣賞風景、登高望遠，裡面有對於知識的討論，例如〈因憶灊樓讀書之樂呈介甫〉：

> 憶昨灊樓幸久留，乾坤談罷論睢鳩。它時已恨相從少，此日能忘共學不。南去溪山隨夢斷，北來身世若雲浮。行藏願與君同道，祗恐蹉跎我獨羞。

兩人是文人之交，一起討論經書中的道理如《易經》與《詩經》，可惜這段共學的時間太短促，兩人又要相隔兩地、四處漂泊，王令期望能和王安石一起隱居求道。另一首〈次韻介甫懷舒州山水見示之什〉則是描寫兩人相聚短暫而追憶良久：

> 皖上相逢昔少留，登樓隱几聽鳴鳩。山峰行處今何在，溪水流乘此有不。就食四方甘不繫，爲生一世信長浮。共知局促京沙裏，回首當時始覺羞。

相逢只是短暫的一刻，王令回憶起當時登樓共樂，如今四方漂泊雖然是自己甘願選擇的，但是回想當時再看現在，心裡面不免覺得羞愧。在王安石的詩歌中，也會緬懷過去而害怕未來毫無成就，例如〈思逢原〉裡面就提到「終負故人期」，王令也怕「只恐蹉跎我獨羞」，兩人對於未來有一定的盼望與期許。

在年歲將盡的時候，王令因爲作客他鄉孤獨而想起了王安石，〈歲暮呈王介甫平甫〉描寫作客他鄉的王令在白天有塵沙與夜晚下雨雪的情形下無法歸鄉，唯一的慰藉就是王安石寄來的信件。其他如〈次韻介甫冬日〉，也是寫冬日苦寂的感受：

> 客夢愁生枕，雞號喜向晨。朔風能動地，短日更隨人。官柳看埋凍，江海想漏春。淹留歸未得，塵土暗烏巾。

眼看著一年又即將度過，王令「淹留歸未得」，在冰天凍地的冬日裡發愁、思念著王安石。王令看著寒冬景色與滿天塵土就想起王安石，想藉著塵土的比喻來說明被遮蔽的情形只是暫時的，所以他在〈塵土呈介甫〉形容塵土「高張白霧橫宮闕，低引輕雲暗路岐」漫天遮蔽的程度，就像是「人留孟子皆非道，客議揚雄正自嘩」（〈寄介甫〉）真理被淹埋而喧鬧紛紛一樣，不過漫天塵土只是暫時的，因為一陣大雨過後「洗滌輕浮會有時」（〈塵土呈介甫〉）。

兩人無法常相見實在是基於現實面的考量，不然〈我策我馬寄王介甫〉就說「井則有泉，渴者俯之。燎之陽陽，寒者附之。君子則高，吾則仰之」王令是很有意願前往拜訪王安石，但是「遊無輦下馬，坐乏囊中金」（〈羈旅呈介甫〉）沒有旅費，加上為了生活不得不羈旅他鄉而兩地分隔。

（二）王安石熱切期望與王令相遇

王安石對於王令的往來較少用詩歌傳遞情感，但是所寫的〈寄王逢原〉卻處處充滿讚美與肯定王令：

> 北風吹雲埋九垓，草木零落空池臺。六龍避逃不敢出，地上獨有寒崔嵬。披衣起行愁不惬，歸坐把卷閱且開。永懷古人今已矣，感此近世何為哉。申韓百家爇火起，孔子大道寒於灰。儒衣紛紛欲滿地，無復氣焰空煤炱。力排異端誰助我，憶見夫子真奇材，梗柟豫章概白日，秪要匠石聊穿裁。我方官拘不得往，子有閒暇宜能來。晤言相與入聖處，一取萬古光芒迴。〔註33〕

王安石在北風冷冽的冬日讀書裡，想到孔子大道也是死灰冷寂而不由得內心發愁，所幸還有王令「力排異端」來支持他。話鋒一轉，王安石讚美王令高才，就像「梗柟豫章」這些高大喬木能蔽日一樣，是棟樑之材。對於兩人情誼十分看重，甚至以道德相許，所以王安石才說

〔註33〕 〔宋〕王安石：〈寄王逢原〉《王令集》（上海：上海古籍出版社，2011年），頁396。

「相與入聖處」與王令討論到聖賢之道而能從中得到更多的領悟。

　　而王安石的〈與王逢原書〉共十二篇，裡面除了關心王令的腳氣病，還教給他治療秘方外，裡面最多的就是期望王令能夠多來與他相聚。王安石一開始對王令的文才肯定外，也私下「問諸邑人，知足下之行，學爲君子而方不已者也」〔註34〕對於他文質彬彬的人格深感佩服。所以在書信中多次期望能與之見面，例如〈與王逢原書三〉提到希望「不久到眞州，冀逢原一來見就，不知有暇否」，〈與王逢原書四〉則是王安石到江寧希望求得一見，其他在書信第六、九、十、十一、十二等都提到，這其中的原因可以從第十二封書信中知道：

> ……唯逢原所以教我，得鄙心所欲出者。窮僻無交游，所與議者，皆不出流俗之人，非逢原之所以教我，尚安得聞？……及冬春之交，未得脫此，冀相遇於江寧，不審肯顧否。……。〔註35〕

對於王安石來說，除了討論學問之外，他在生活上遇到很多困難是無法與人討論的，又因爲他所到之處第一是人生地不熟，沒有半個知己，第二是討論的人無法提供所想要的，所以才說「所與議者，皆不出流俗之人」。王安石對於王令的意見十分重視，「非逢原之所以教我，尚安得聞？」表達了王安石對於王令的信賴與依靠，所以王安石才相信王令終究會有一番作爲，在王安石前半生官途未顯之時，對於王令的確有著熱切期望，在〈與王逢原書十〉更說「不見已兩月，雖塵勞汩汩，企望盛德，何日無之！」來表達與王令相遇的熱切期望。

三、王安石對王令的影響

　　既然王安石對於王令相當仰賴與倚重，那麼這兩個知己對彼此的影響爲何是可以進一步討論的。如果以後世的文學史角度來看，王安

〔註34〕　〔宋〕王令，沈文倬校點：《王令集》（上海：上海古籍出版社，2011年），頁392。

〔註35〕　〔宋〕王安石：〈與王逢原書十二〉《王令集》（上海：上海古籍出版社，2011年），頁395。

石的影響當然比王令重要，但是對那時候的王安石來說，王令卻相當重要，所以兩人彼此的影響是有討論的價值，更可以藉由王安石的角度來凸顯王令的重要。

（一）讚譽王令

對於王安石來說，在彼此討論政事的話題上越來越顯得王令的重要，例如在〈與王逢原書十一〉說「但計今之勢，如此等事，皆不可與論說，不知足下意以爲當如何施行？幸試疏示。」〔註36〕王安石看重王令的能力，因爲在他的周遭沒有可與討論的人才，所以非常期待與王令的相見。在學問方面也是相當看重王令，在〈與王逢原書九〉可以知道：

> 不見已兩月，雖塵勞汩汩，企望盛德，何日無之！忽辱惠書，承以論語義見教，言微旨奧，直造孔庭，非極高明，孰能爲之，仰羨仰羨！近辱子固、夷甫過我，因與二公同觀，尤所嘆服！何時得至金陵？以盡遠懷。〔註37〕

除了表達相思，這裡面對於王令的論語釋義十分推崇，「言微旨奧，直造孔庭」就是對王令非常大力地稱賞。王安石也因此向他人讚揚王令，例如上述所載的，曾鞏、常秩尤所嘆服，也就是間接肯定王令的才學。

王安石甚至寫了〈與王深甫論王逢原書〉來可惜王逢原的去世與推薦他的文才：

> 有王逢原者，卓犖可駭，自常州與之如江南，已見其有過人者。及歸而見之，所學所守愈超然，殆不可及。……恨足下不得見之耳！書不盡意……〔註38〕

〔註36〕〔宋〕王安石：〈與王逢原書十一〉《王令集》（上海：上海古籍出版社，2011年），頁394。

〔註37〕〔宋〕王安石：〈與王逢原書九〉《王令集》（上海：上海古籍出版社，2011年），頁393。

〔註38〕〔宋〕王安石：〈與王深甫論王逢原書〉《王令集》（上海：上海古籍出版社，2011年），頁401。

王安石對王深甫讚美王令，認爲他有過人者，況且在品德操守方面無人能及，可惜的是沒辦法推薦給王深甫認識。〈與崔伯易書〉就更可嘆他的才學

> 逢原遽如此……。惜也，如此人而年止如此！以某之不肖，固不敢自謂足以知之，然見逢原所學所爲日進，而比在高郵見之，遂若不可企及。竊以謂可畏憚而有望其助我者，莫逾此君。

王安石對崔伯易讚嘆王令所學日漸進步，不可企及。王安石也寄予厚望，「有望其助我者，莫逾此君」雖然王令早逝，但是王安石對於他的盛譽還是不已。

（二）推崇王令使其佔文壇一席地位

王安石對於王令的讚揚與多次書信的往來，讓王令的名氣漸漸上揚，甚至造成困擾，王直方《詩話》記載「一時附麗之徒，日滿其門」讓王令成爲一時的名人。當然，透過王安石才得以認識在官場上的文人，例如黃莘、崔公度、孫覺、杜漸、朱明之、王安國、邵不疑、王安禮、呂惠卿等人。不然光是「布衣阡陌動成群」（〈哭逢原〉）的情況下，王令很難在揚州佔有一席之地，邵不疑也不可能因爲王令的節行將他舉報朝廷。

既然身爲揚州文學的代表，王令在詩中也多次提到揚州的人文風景，例如〈平山堂寄歐陽公〉寫的就是揚州有名的歐陽脩寓所，另外〈九曲池悼古〉也是揚州有名的地方景物，蘇軾也寫過〈揚州五詠九曲池〉、陸遊則是〈寄題揚州九曲池〉。另外，寫自然景觀的有〈過揚子江〉、〈揚子江阻風〉這些以長江爲主題，寫其壯闊悠遠的景色。最後，以〈臨別瓜州〉寫他與這塊土地深厚的感情：

> 十年來往常依依，此日復去來何時。青山有意退弗忍，白髮不逢歸未遲。乾坤不盡萬里望，草木無限西風悲。塵纓欲濯惡獨潔，滄浪流去清無涯。

王令居住瓜州十年，要離去自然對這地方依依不捨，站在瓜州岸邊，

王令見到天地寬廣、長江無窮不禁悲從中來，因為自己又要漂泊他鄉，大有劉皀〈旅次朔方〉：「無端又渡桑乾水，卻望并州是故鄉」之感。但是對於王令來說，這感受更深層，因為雖然隨著叔祖父四處遷移，但是他早已認定揚州是故鄉，離別故鄉的哀愁，隨著西風草木的景物讓他更加悲傷。

雖然揚州文學僅是一地方之學，但因李白的名詩〈送孟浩然之廣陵〉中提及「煙花三月下揚州」，讓「揚州」這一地名無人不知曉；且唐代有名的詩人駱賓王、張若虛、孟浩然、李白、孟郊、盧仝、劉禹錫、白居易……等都是揚州人。在加上宋代時，揚州是商業中心，非常富裕繁華，有名的詩人像蘇軾、歐陽脩也在揚州居住，歐陽脩還建造平山堂。王令自稱是廣陵人王令，詩中也提及「揚雖士云多，往往事冠帶」(〈寄洪與權〉)，因此能列入揚州文學代表讓王令在文學史上有另外的意義與地位。

第三節　文學史上的影響

一、宋騷體詩代表

宋代初期對於賦的創作並不興盛，而宋代中期之後，賦的創作大量出現。但是對於賦的總類需先釐清，明代人徐師曾《文體明辨・序說》將賦分為古賦、俳賦、文賦、律賦。〔註39〕而宋賦的種類，則依照劉培〈宋賦風貌述要—兼論唐宋辭賦研究的困境〉分類，大致分為四個體類：文賦、律賦、騷體賦、俳諧賦。文賦是以文為賦、以理入賦，造成賦的散文化，例如歐陽脩的〈秋聲賦〉。律賦則是科舉項目，有名的如蔡襄的〈士伸己賦〉。俳諧賦以娛樂為目的。騷體賦就是繼承屈原的精神，表達忠君愛國、懷憂遣愁，如蔡襄、王令、鄭獬、沈括等人都是代表。但是詹杭倫的〈宋代辭賦辨體論〉依照「約定俗成」

〔註39〕 徐師曾著、羅根澤校點，《文體明辨》(北京：人民文學出版社，1998年)，頁100。

的分類法將宋賦劃分爲：騷體賦、文體賦、駢體賦、律體賦。而宋詩的散文化造成騷體詩與騷體賦的混淆，但王令的騷體作品是在詩卷出現，是騷體詩無誤。

（一）騷體的定義

賦的定義見於劉勰《文心雕龍・詮賦》所說的「《詩》有六義，其二曰賦。賦者，鋪也，鋪采摛文，體物寫志也。」利用文句的鋪排將外物、心志完整敘述是其主要定義。而騷體賦的由來要追溯到屈原創作《離騷》，到了漢代仿《離騷》做法而有了賈誼的〈鵩鳥賦〉、司馬相如的〈長門賦〉、班固的〈幽通賦〉，後世便將這些歸類爲騷體賦。宋代晁補之將《楚辭》、《離騷》之後的仿作，從戰國到宋代王令的作品編爲《後楚辭》20 卷、《變離騷》20 卷〔註40〕。

騷體賦的文章特色，第一點是大量仿造古代楚語的語氣詞，並常用「兮」字。第二點特色是形式自由的押韻文學，不但沒有對仗與平仄的要求，詩句也是長短參差的。第三點是內容偏向憂傷抒情、浪漫想像。所以朱熹《楚辭後語・敘目》說：

> 蓋屈子者，窮而呼天，疾痛而呼父母之詞也。故今所欲取而使繼之者，必其出於幽憂窮蹙，怨慕淒涼之意，乃爲得其餘韻，而宏衍巨麗之觀，歡愉快適之語，宜不得而與焉。
> 〔註41〕

「幽憂窮蹙，怨慕淒涼之意」即是寫感傷悲懷之作品。例如歐陽脩的〈哭女師辭〉是成功之作：

> 暮入門兮迎我笑，朝出門兮牽我衣。戲我懷兮走而馳，旦不覺夜兮不知四時。忽然不見兮一日千思，日難度兮何長，夜不寐兮何遲。暮入門兮何望，朝出門兮何之？恍疑在兮杳難追，髡兩毛兮秀雙眉，不可見兮如酒醒睡覺，追惟夢醉之時。八年幾日兮百歲難期，於汝有頃刻之愛兮，使我

〔註40〕　見《宋史・藝文志》記載而得。
〔註41〕　〔宋〕朱熹注：《楚辭集注》（附《楚辭後語》）（台北：國立中央圖書館，1990 年），頁 280。

有終身之悲。〔註42〕

這裡運用生前歡樂相處與身後的悲傷思念，「頃刻之愛」與「終身之悲」的鮮明對比，加上不見如酒醒與追憶如夢醉生動譬喻，充分將情感的曲折表現。利用這首來印證騷體賦特色是最適合不過的，第一是大量運用「兮」字，歐陽脩每一句都有，第二是長短不拘的句式，第三是寫傷逝哭亡的思念之作，可見宋代的騷體已經具有相當獨立特色的體例。

（二）王令騷體詩的特色

　　王令的仿騷之作可以大致分為兩類，第一類是篇名以「操」、「詞」、「兮」為名的作品，如〈鼯鼠操〉、〈噫田操〉、〈於忽操〉、〈陂操〉、〈辭粟操〉、〈夕日操〉、〈終雌操〉、〈倚楹操〉、〈江上詞〉、〈山中詞〉、〈翩翩弓之張兮詩三章寄王介甫〉等。這些作品的內容偏向擬古，所用語氣、文法因仿古而顯得拗口，如「舟無枻兮載函重，風乘波兮棹人用」（〈江上詞〉）、「馬則食葵，而余則饑。盜則得羊，而余無兄」（〈倚楹操〉）、「林鳩之雌兮，不有巢而子兮，而有巢以止兮」（〈終雌操〉）、「繹繹道周，伊誰之園。夙不築自垣，今安以樊」（〈夕日操〉）、「謂雞斯飛，誰得而羈。謂豕斯突，何取於縛」（〈於忽操〉），由以上的語句分析出王令的仿古特色是常用短句來拼湊，加上對於「兮」字的前後常用動詞，甚至喜愛將動詞錯置倒反來達到語句頓挫的效果。第二類是用平實的標題，所作內容語氣與平常無異，只是多用了「兮」字，內容採用大量的鋪排陳述與譬喻，例如：

　　我思古人兮，不古今之異時。生茲世之誰期，欲勿思而奈何。獨斯人之不見，聊永懷而自歌。樂吾行之舒舒，忘茲世之汲汲。睨萬里以自驚兮，豈寧俯以效拾。載重道遠兮，予欲行而誰與。累九鼎以自重兮，顧尫羸之弗舉。矯身以為衡兮，權世之重輕。廣道以為路兮，聽人之來去。（〈我思

〔註42〕　〔宋〕歐陽脩撰，楊家駱主編：《歐陽脩全集》（台北：世界書局，1983年），頁840。

古人答焦千之伯強〉)

子之來兮東之舟，暮不至兮誰牽以留。子之去兮西之馬，
朝何亟兮不秣而駕。駕胡適兮徂揚，揚之郊兮泮之央。泮
之冰兮春之水，泮之荍兮芽茁於洿。泮之鷺兮潔白以止，
泮之土兮除掃不滓。泮之人兮立以望子，久不可待兮足並
以跂。子未至兮謂矣，子之至兮何以慰之。招其來而挽其
去，納以寬而不嚴以怒。增其長而救厥玷失，培其根而使
華以實。泮之人兮子喜，子先何適兮不夙吾治。(〈送黃莘任
道赴揚州主學〉)

山岩岩兮谷幽幽，水無人兮自流。　始與誰兮樂此，昔之遊
者兮今非是。清吾樽兮潔吾斝，欲釂以酒兮誰宜壽者。山
巋春兮野鹿遊，亭無人兮飛鳥下。喜公有遺兮樂相道語，
從人以遊兮告以其處。高公所望兮卑公所遊，公為廬兮燕
笑以休。摭山果以侑酒，登溪魚而供羞。仰春木以搴華，
俯秋泉而漱流。公朝來兮暮去，肩乘輿兮馬兩驂。來與我
民兮不間以處，誰不此留兮公則去邊。花垂實兮樹生枝，
我公之去兮今忽幾時。知來之不可望，悔去而莫追。人皆
可來兮公何不歸，青山宛宛兮誰為公思。(〈效醉翁吟〉)

這類詩歌不屬於仿古之作，其標題皆無「兮」字，僅內容加入「兮」
字，並無影響語序；且其所要表達的主題是抒懷己志與描寫景物，和
一般詩歌無異。

　　王令的辭賦展現了他個人特色，第一是對高尚人格的追求、第二
是抒發感憤的心情、第三是狀寫風景生動〔註43〕。〈倚楹操〉是一篇
相當成功的作品，除了完整敘述一個故事，更將魯漆室女的人格與情
操生動表達出來：

　　魯漆室女倚柱悲吟，鄰人疑人其有淫心而欲嫁也。漆室女
　　曰：「楚人得罪於其君，逃夕東家，馬逸，蹈吾園葵，使吾
　　終年不食葵；吾西鄰失羊，請吾兄追之，霧濁水出，使吾

―――――――――――――――――――――――
〔註43〕　王令的辭賦特色前兩點是參酌劉培的〈屈騷傳統的復興與王令的辭
　　　　賦創作〉的分類而來。

> 兄溺死，終身死兄：政之致也。吾憂國傷人，心悲而嘯，
> 豈欲嫁哉。」自傷為人所疑，入出林，見女貞之木，嘆息
> 弦歌，作二操而自經死。……

故事的開頭交代了緣由，漆室女將自己的經歷完整道出，對於自身受
到的迫害是「政之致也」，然而一連串的迫害如被馬蹈園而無菜吃、
兄長為鄰居失羊溺死都比不上被懷疑「有淫心而欲嫁」來得羞辱，最
後自我了斷。從這可看出王令對高尚人格的追求，與反對來自現實社
會的壓迫。

對於景物的描寫方面，〈效醉翁吟〉將山中的安閒景象細膩地描
寫出來：

> 山麓春兮野鹿遊，亭無人兮飛鳥下。喜公有遺兮樂相道語，
> 從人以遊兮告以其處。高公所望兮卑公所遊，公為盧兮燕
> 笑以休。摭山果以侑酒，登溪魚而供羞。仰春木以攀華，
> 俯秋泉而漱流。

山中的野鹿、飛鳥自在地活動著，在裡面生活有山果下酒、溪魚佐餐，
有春華秋泉等美好景物相伴，一幅靜謐田園畫歷歷如繪在眼前。而絕
美的世外桃源的景象非〈桃源行送張頡仲舉歸武陵〉所寫莫屬：

> 山環環兮相圍，溪亂亂兮連漪。花漫漫兮不極，路繚繚兮
> 安之。棄舟步岸兮欲進復疑，山平阜斷兮忽得平原巨澤，
> 莽不知其東西。桑麻言言兮田野孔治，風回地近兮將亦聞
> 乎犬雞。

這裡面像是動畫影像一般，循著主角的視野一路開展，從山、溪、花
到路，突然「山平阜斷」，一大片平原巨澤的突然開闊在眼前，視覺
的一連串震撼之後，便是聽覺上的「桑麻言言」、「聞乎犬雞」，最後
加上觸覺的風、嗅覺的花香，王令將五官的感受幾乎囊括，引人入勝、
身臨其境，摹寫功力流暢、鋪陳次序井然。

二、支持宋詩改革

宋初由於對西崑體的改革，在詩壇上瀰漫著對唐詩的學習與模

仿。宋詩距離唐代最近，因此對唐人模仿也是宋代最精深，所以繆鉞先生在〈論宋詩〉中明確指出「實則平心論之，宋詩雖殊于唐，而善學唐者莫近于宋。」〔註44〕。古文詩體派對於唐人的模仿，除了韓愈、孟郊之外，李白也是重點〔註45〕，王令雖然沒有加入團體，但是他所支持的石介是屬於積極的改革派，故王令支持宋詩的改革。王令藉由學習李白來達到造語驚奇、思想飄逸的作用，藉以革除西崑體失之巧麗的缺點，也是對於宋詩改革貢獻一份力量。而對儒學的奉行與推動正是詩歌所倚賴的本質，詩歌除了字詞優美，更要有思想寄託，王令藉由推崇儒學來使詩歌充滿信仰與力量。

（一）詩學唐人──受李白詩歌影響

宋人學習唐詩，並非由黃庭堅的「奪胎換骨」法才肇端，對唐人的模仿與化用早出現在王安石與王令詩中〔註46〕。而王令詩歌中的意象很多傳承李白，這手法早於黃庭堅的「奪胎換骨」。本文從李白詩中對於「酒」與「月」的意象與王令所描述相比較，一探王令與唐代詩人李白之間的傳承與演繹。

1. 酒

對於生活的不如意，兩人都曾寫過以酒澆愁，李白是仕途不順，灑脫地請求放還，而王令則對生活窮困發出感嘆。所以李白說「五花馬，千金裘，呼兒將出喚美酒，與爾同消萬古愁」〔註47〕，而王令有「篋裏黃金須買酒，鬢邊白髮解欺人。窮通得喪誰能定，況是男兒有

〔註44〕　繆鉞：《詩詞散論》（陝西：陝西師範大學出版社，2008 年），頁 30 ～31。

〔註45〕　梁昆指出：「古文詩體以昌黎爲宗主，以太白爲副。」見《宋詩派別論》（台北，東昇，1980 年），頁 38。

〔註46〕　梁昆於江西詩派的介紹中說到：「王荊公好將前人詩竄點字句爲己詩，開模擬捷徑，山谷承而發明之。」見：《宋詩派別論》，（台北：東昇，1980 年），頁 68。

〔註47〕　清聖祖彙編：〈李白‧將進酒〉《全唐詩》（台北：復興，1974 年），頁 924。

此身」（〈寄都下二三子失舉〉）二人對於際遇都懷抱著感嘆，但是李白用「與爾」互動比較強烈，王令的「況是」僅於無奈語調，顯得冷靜說理。李白「人生得意須盡歡，莫使金樽空對月」〔註48〕表達及時行樂的人生觀，王令則是「脫巾草坐踏地歌，花影落酒生紅波」（〈快哉行呈諸友兼簡仲美〉）的快意灑脫，都是追求歡樂，但是李白從人生著眼顯得富有哲理，而王令是強調在動作，意象生動。在酒的作用下，兩人可以暫時把世俗拋諸腦後，也可以醉眼暢快人生，他們因酒壯膽而更加豪邁，李白喝酒醉到「揚天大笑出門去，我輩豈是蓬蒿人」〔註49〕，王令喝酒後氣勢大盛——「脫衣呼客家聲舊，把酒論心士氣全」（〈寄李君厚〉）。獨自喝酒時，李白是「花間一壺酒，獨酌無相親」〔註50〕，而王令亦是「無琴雖自歌，有酒欲誰伴」（〈寄滿子權〉）。喝酒不是為了放縱他們的舉止，而是由酒來暫時解除種種束縛思想的現實狀況。

2. 月

明月在兩人詩中所表達的意象鮮明，常把月亮擬人化，用有情的眼光來看待它，例如出自童心想像。李白對月亮想作是「白玉盤。又疑瑤臺鏡，飛在青雲端」〔註51〕，而王令是「玉輪困瑕纇，投擲去天仗」（〈中秋望月〉）除了對形狀的想像，王令更想像成「金繩掛空虛，日月系兩垂。天童坐戲弄，縱掣成東西」（〈金繩掛空虛自勉兼示束孝先〉）天地間有童子戲玩日月，造成歲月流轉。與月亮的彼此歸隨是詩人與自然有情的互動，李白詩有「人攀明月不可得，月行卻與人相

〔註48〕 清聖祖彙編：〈李白‧將進酒〉《全唐詩》（台北：復興，1974年），頁924。

〔註49〕 清聖祖彙編：〈李白‧南陵別兒童入京〉《全唐詩》（台北：復興，1974年），頁982。

〔註50〕 清聖祖彙編：〈李白‧月下獨酌〉《全唐詩》（台北：復興，1974年），頁1018。

〔註51〕 清聖祖彙編：〈李白‧古朗月行〉《全唐詩》（台北：復興，1974年），頁931。

隨」〔註52〕，王令則描寫「欲放船隨明月去」（〈憶潤州葛使君〉）。另一個比較諧趣的想像是登天戲月，李白說「俱懷逸興壯思飛，欲上青天攬明月」（〈宣州謝朓樓餞別校書叔雲〉），王令則是「忿月喝不住，起欲取繩縛」（〈西園月夜醉作短歌〉）想像更加不設限。他們都把月亮當作知己好友，陪伴他們度過人生的喜怒哀樂，李白「舉杯邀明月，對影成三人」〔註53〕，王令則是「延風敞虛襟，揖月坐嘉樹」（〈古風〉）把月亮當作高士。兩人以詩心來看月亮，月亮就成了他們吟詠的對象，不論或歌或舞或想飛升作伴，都因此有了抒發情感、訴說胸懷的對象。可見王令正是宋代詩人的代表，對於唐詩並非一味模仿，而是吸收之後再發展出個人特色。

（二）儒學奉行與推動

宋仁宗時，政治與社會亂象逐漸浮現，乃兼有天災、蝗蟲，有志之士希望藉由儒學來振興斯文一朝。而王令一生遵奉儒家為準則，也用儒家的標準看待政治、社會乃至於個人的仕途與生活，面對旱災、蝗災、戰爭、窮困無一不是由孔孟學說當作圭臬來評論。所以首先要討論的是王令對自己身分的認同，由「賤子儒名業」（〈上杭帥呂舍人〉）、「鄰翁問我乃何者，得毋亦以名自儒」，他是以「儒」自許的，但究竟標準為何？雖然他「益厭庸兒妄問儒」（〈奉寄黃任道〉）不愛回答這個問題，但是從〈韓吏部〉內容就可以得知，孔子和韓愈這兩人的功業是「宣尼夾谷叱強齊，吏部深州破賊圍」，讓他「始信真儒能見用，可為邦國大皇威」。因為天下「生民待儒效」（〈上聲隅先生〉），他相信讀書人不只有氣節，更有能力來經營世界，所以「儒」是從聖人接續事業、從六經成就道理，在〈道士王元之以詩為贈多見哀勉因以古詩為答〉中也建立他的道統與儒學觀念：

〔註52〕　清聖祖彙編：〈李白・古朗月行〉《全唐詩》（台北：復興，1974年），頁931。
〔註53〕　清聖祖彙編：〈李白・月下獨酌〉《全唐詩》（台北：復興，1974年），頁1018。

……舊聞有六經，條理兩可師。無不至聖人，有學中自隳。
勿遂謂不及，吾由未嘗追。好勇不好道，吾將自誅非。浩
乎如有失，茫乎其若思。望乎如未獲，專乎如有期。夜或
不記寢，晝或忘其飢。不以懦自卻，不以庸自卑。……上
自太古先，跂軒而望義。下至三代來，堯舜禹湯姬。周公
汲汲勞，仲尼皇皇疲。軻況比踵游，雄愈磨肩馳。……固
知於聖賢，實辱再造私。道遠致力多，功大收效遲。今而
所存者，財一毛於皮。苟曰成不成，我有罪未知。如夫用
不用，敢繫天為辭。若寒餒貧賤，此於我何居。若誇毀譽
訾，此其如予奚。……。

面對道士王元之的毀謗，王令將道統、儒家聖學思想與自己如何奉行
做了一番詳述，從中得知三代以來的聖人道統由堯、舜、禹、湯、文
王、周公、孔子、孟子、韓愈，而自己和聖賢相比實在是「財一毛於
皮」，要多加努力。然而，用此看待現今政治是「中國自今應更重，
本朝前日可嗟輕。要須待見成堯舜，未敢輕浮作頌聲。」（〈聞富并州
入相〉）沒有媲美三代是無法認同的，而檢視現今儒生更是覺得他們
「世儒口軟聲如蠅」（〈贈慎東美伯筠〉）、「今之腐儒不可治」（〈寄王正
叔〉），根本覺得他們打著儒家招搖撞騙，甚至為官之儒更過分：

……雍雍材能官，雅雅仁義儒。脫剝虎豹皮，借假堯舜趨。
齒牙隱針錐，腹腸包蟲蛆。開口有福戚，頤指專賞誅。……
（〈夢蝗〉）

壓榨百姓、滿口仁義而口蜜腹劍的儒官是王令視為恥辱的。但是生活
總會改變一個人，「與客成往還，勉就俗所敦」（〈謝客〉）自己也漸漸
近朱者赤，「乃知偪仄間，心跡久已分」（同前註）。然而，如果自己也
一直跟著迎合世俗，就算「苟獲一時兒女笑，定罹千古聖賢誅」（〈信
筆〉）所以王令時時檢視自己，與有志之士共同推行儒道。例如王令與
王安石二人就藉由討論孔孟聖賢之道相互鼓勵，王安石更在〈寄王逢
原〉中表示共學所獲得的收穫是「晤言相與入聖處，一取萬古光芒迴」，
又認可與讚美王令能在「申韓百家爇火起，孔子大道寒於灰。儒衣紛
紛欲滿地，無復氣焰空煤炱」的時代裡「力排異端誰助我，憶見夫子

眞奇材」。可見王令對於儒學的奉行與推動付出行動而令人認同的。

三、宋詩特色的展現

　　宋詩有其風格，雖然在唐代之後難以開展，但是在汲取前人經驗後，在摸索中逐漸走出自己的路。王令處於還在探索的時代裡，嘗試就是等於為開創做足準備，雖然大家模仿的對象都差不多、嘗試的風格都類似，但是王令還是憑著自身的努力，而有「卓犖高才獨見君」的讚譽（王安石：〈哭逢原〉）。

（一）以議論為詩

　　王令學韓愈以白話為詩，也以議論為詩，對於現實的評論往往出現在詩歌中，例如〈別老者王元之〉與〈唐介〉就是對當下的議題發表自己的看法。〈別老者王元之〉的內容是對於外敵的侵犯表達自己的愛國情節：

> 二夷之來始何自，乘我中國方迷昏。各投陰誣張誕妄，尋附蟷隙為株根。……嘗聞古人第氣類，皆以夷敵禽獸論。惜乎無倫弗禮義，幾希不得人相群。吾觀世之陷此者，不啻火立足向燔。豈期之子既自悟，不思跳出乃欲存。余方往就西北食，聞子亦整東南轅。雖然去就固在子，安忍惜手不試援。

對於外敵的來犯，王令一方面藉著古人評論夷狄是禽獸，毫無禮義倫理，如果生活在其中就像站在火堆裡，另一方面希望王元之前去時能一掃外敵，救中國於水火中。而〈唐介〉則是試著站在唐介的立場來分析：

> 以諫得罪者為誰，四海多作唐介詩。俗兒口狹文字碎，欲狀介事語反卑。嗟嗟我亦介之徒，此恨不助掀目眉。三更燈死百慮息，四睫不交雙目眵。推枕起坐壯介節，以手捫膺為介思。信乎介亦壯男子，直能金鐵其肝脾。……偉哉介也已不朽，日月為字天為碑。寄語瑣瑣媒孽子，介縱蹈死吾何悲。

王令害怕當世的「俗兒口狹文字碎，欲狀介事語反卑」，把一件值得歌頌的壯舉給矮化，於是夜闌人靜時還不肯休息，「推枕起坐壯介節，以手捫臆爲介思」推敲沉思的形象生動宛如就在讀者眼前。最後的論點異於常人，認爲唐介的偉大與日月同輝，就算他死也是一種慷慨赴義的成仁之舉，在王令眼中能完成志節是可以置生死於度外的。

　　王令的議論詩另一特色是詞鋒犀利、心直口快，在〈寄王正叔〉裡因爲能與之相聚而高興不已：

> ……直道有知私自賀，生平鬱結數日消。笑顏快意面改色，
> 食飲愜足腸生膋。今之腐儒不可洽，欲近俗氣先腥臊。尋
> 常語我我不聽，視如秋月鳴蜩螗。……。

對於見到志同道合的朋友，王令高興到「笑顏快意面改色，食飲愜足腸生膋」，快意改色毫不做作，甚至對於周遭的俗士表達十分的不耐煩，嫌棄到像不想接近腥臊的腐臭爛物一般，對於他們所要表達的意見，聽之若不聞、視之若無睹，厭惡到極點。王令的議論直接到毫不修飾，但是他毫不擔心得罪任何人，因爲他知道自己的性格是「我與人情七不堪」（〈寄宿倅陸經子履〉）。

　　所以王令議論詩的另一特色是好翻案，對於古今人物的評論有其獨特看法，像是對〈叔孫通〉的評價是「一官所買知多少，便議先生作聖人」，司馬遷對於叔孫通評價是「太史公曰：……叔孫通希世度務，制禮進退，與時變化，卒爲漢家儒宗。」〔註54〕對他的評價很高，但是叔孫通所作所爲實際上卻是「高帝悉以爲郎。叔孫通出，皆以五百斤金賜諸生。諸生迺皆喜曰：『叔孫生誠聖人也，知當世之要務。』」〔註55〕，也難怪王令對於他的評價低落。

（二）以平淡爲詩

　　宋代梅堯臣對詩主張「平淡」，他認爲「作詩無古今，唯造平淡

〔註54〕　〔西漢〕司馬遷：《史記》（香港：中華書局香港分局，1975 年），
　　　　　頁 2726。
〔註55〕　〔西漢〕司馬遷：《史記》（香港：中華書局香港分局，1975 年），
　　　　　頁 2724。

難」〔註56〕。因為平淡不是索然無味，必須不見做工而一派自然。可見，平淡中要有像「初如食橄欖，眞味久愈在」〔註57〕，要有餘韻迴盪，味外之外才算是成功的平淡詩。

　　王令的幾首短作清新自然、讀來可愛，用字淺白而造語深刻，例如〈春晚〉裡面的「子規夜半猶啼血，不信東風喚不回」就有類似效果，而另一首〈春夢〉也是讀來令人情感迴盪：「湘水茫茫春意關，岑郎一睡片時間。誰知行盡江南路，枕上離家枕上還。」這片刻短時間並非南柯一夢，而是過度思念而夢回家鄉，「誰知行盡江南路，枕上離家枕上還」的「誰知」指的是只有自己，自己才知道漂泊久了竟然也會想家，但是只有魂牽夢縈時才回得去，這種愁緒帶有浪漫情懷，讀來令人深刻。王令的抒情可以如此低迴，相對的，在寫景方面也有可看之處，例如〈溪上〉：「溪上清漣樹老蒼，行穿溪樹踏青陽。溪深樹密無人處，只有幽花度水香」。整首詩妙在寫人而不見人，只見山谷景色空幽而溪水潺潺，語境近似王維的「返影入深林，復照青苔上」（王維：〈鹿柴〉），先是靜態景寫溪流與老樹，接著動態景寫行穿溪樹，在溪與樹之層疊外接著再用靜態景寫從兩者透出的花香，但是花香不是靜止的，雖然看不見它可是的確隨著溪水飄散過來，人在過溪流而花香也在過溪流。全首詩尋不著人影也看不著花香，但是看不見的才是全詩所關注的，透露著「此中有眞意，欲辯已忘言」〔註58〕的理趣。可知，論宋詩的平淡特色時，王令也有代表作。

〔註56〕　〔宋〕梅堯臣：〈讀邵不疑學士詩卷杜挺之忽來因出示之且伏高致輒書一時之語以奉呈〉，《宛陵集‧卷四十六》（台北：台灣商務，1983），頁338。

〔註57〕　〔宋〕歐陽脩所著《六一居士詩話‧水谷夜行寄子美聖俞》曰：「……譬如妖韶女，老自有餘態，近詩尤古硬，咀嚼苦難嘬，初如食橄欖，眞味久愈在。……」（北京：中華書局，1985年），頁4。

〔註58〕　東晉‧陶潛的〈飲酒〉：「結廬在人境，而無車馬喧。　問君何能爾，心遠地自偏。　採菊東籬下，悠然見南山。　山氣日夕佳，歸鳥相與還。　此中有眞意，欲辯已忘言。」

第五章　結　論

　　為什麼要寫詩？對於宋代的王令來說，他不會知道後代文學史的評價，也不會知道王安石帶給他多大的影響，更不會知道「夜長夢多」這個成語是來自他的詩句——「夜長夢反覆」（〈寄王正叔〉），誠如他自己所說「寂寞有名身後事」（〈客次寄王正叔〉）。那麼對當下的他來說，創作詩歌有何作用？孔子在《論語・陽貨》說：「小子何莫學夫詩？詩可以興，可以觀，可以群，可以怨。邇之事父，遠之事君。多識於鳥獸草木之名。」〔註1〕詩可以有這些功用，然而王令自幼而孤、不願仕進，對他來說，詩還有什麼意義？就是「可以興，可以觀，可以群，可以怨」。王令面對現實的不如意、追求理想的困難，他用詩歌來確立己志、紀錄自然、鼓勵朋友乃至於評論社會政治。然而，宋詩的風格是以平淡寫詩、以議論寫詩，又要符合「詩」的本質——美感與意義，能出能入者實屬不易。否則，以平淡寫詩有何難處，類似好了歌、勸世歌這般打油詩豈不是琅琅上口？甚至連失卻貓兒都可以為詩〔註2〕；又以議論為詩實屬不易，否則淪為抉瑕掩瑜之屬、潑婦罵街之輩。而王令以平淡為詩能寫細膩之處，以議論為詩寫其悲憤

〔註1〕　〔宋〕朱熹：《四書集注》（臺北，世界書局，1963年），頁178。
〔註2〕　〔宋〕歐陽脩所著《六一詩話》：「〈詠詩者〉云：『盡日覓不得，有時還自來。』本謂詩之好句難得耳，而說者云：『此是人家失卻貓兒詩。』」（北京：中華書局，1985年），頁5。

與同情，充分表達了宋詩的特色。除此外，在研究王令詩歌時歸納出以下兩點來論述其獨特的詩歌特色與意義。

一、以文辭建構個人特色

　　眾多文學史對王令詩歌的評論還是以四庫全書的評價爲主要依歸——以「奇險」爲其特色，經過研究後發現詩人是利用文字與修辭來爲自己的詩句打造與眾不同的風格。在文字方面，他學習韓愈使用奇字怪語，利用陌生字詞的發音與解釋來增添異趣，因爲陌生化的效果可以令人耳目一新，但是如果全篇大量使用奇字怪語，那麼豈不如同梵語佛典一樣，除了令人感到吃力苦澀外，也違背了詩的美感。所以，王令大量運用修辭來增加變化，這些修辭又以譬喻、誇飾和轉化爲主。因爲譬喻能大小互喻——「臣聞伊尹于湯旦于周，安致天下如山丘」（〈春夢〉）、「過我呼號如春雷」（〈初聞思歸鳥〉）；以知喻不知——「君家自無千尺綆，那知江深不如井」（〈松江曲〉）、「安得先知明，有如灼火龜」（〈交難贈杜漸〉）；以現實比喻想像——「夢蝗千萬來我前，口似嚅囁色似冤」（〈夢蝗〉）、「對客輒自瘖。譬如火灸膚。」（〈寄孫莘老〉）等等。而轉化可以讓人有物性、物帶人性藉此以更貼切傳達意象，例如：「傳言天子詔，士得四方赴。來如鵲翅翻，去若蠅頭聚」（〈送李公安赴舉〉）就生動地彰顯那些受應召時四方才士齊聚浩大而離去時零零落落，凌亂無氣勢。「東海可從誰自重，南山如與客爭高」（〈小酌〉）將東海與南山擬人化可以達到入我互動的效果。再來是誇飾，這也是王令縱馳想像的本領。因爲誇飾一方面可以超越現實——「仰躋蒼崖巓，下視白日徂。夜半身在高，若騎箕尾居」（〈同孫祖仁王平甫游蔣山作〉）；再來是增強情感——「百誦百再拜，下淚如掛縻」（〈謝李常伯〉）；最後是跨越時空限制，讓詩人可以超脫死生界線——「舌骨誰謂朽，死魄如可召」（〈送贈王平甫〉）、任意翻天覆地——「昆侖之高有積雪，蓬萊之遠常遺寒。不能手提天下往，何忍身去遊其間」（〈暑旱苦熱〉）等等。三者修辭相

輔相成、運用成熟，讓詩歌充滿情感如江海決堤、幻語夢境栩栩如生，他更自信到認為自己早已超越李白──「少年倚氣狂不羈，虎脅插翼赤日飛。欲將獨立跨萬世，笑誚李白為癡兒。」（〈贈慎東美伯筠〉）。

　　從不勝枚舉的詩文表現可以知道王令除藉由這些修辭來增潤詩句、建立個人特色之外，也讓他能架起空中樓閣，輕易地搬山移海、捉蛟絪龍到飛升縛月。這些如同魔術一般的手法只是為了吸引注意，如果一味追求奇險將淪為文字遊戲，眩人耳目卻乏善可陳，所以對他來說最重要的是在字裡行間傳遞儒家的思想，也是理想的寄託之處。

二、以儒家定位人生意義

　　對於儒家的推崇已經到終身不渝的王令，從自己的志向、思想、交遊，乃至於教學謀生都以孔孟為依歸，如同在漆黑的星空仰望亙古不變的星斗一樣，在世情飄盪如海的現實裡指引正確方向，安撫煩躁失落、給予希望熱情。為此，王令將堯舜之後的禹、湯、文王、周公、孔子、孟子、韓愈皆列位聖賢，也暗自勉勵自己能承先啟後，不要「已嗟吾道微如線」（〈謝成父〉）。為了尋找人生的意義，王令曾經參與過科舉，雖榜上無名卻是人生的轉折點，經過探索後他發現在目前情勢當官並非本性所能負荷的，如果情勢未能改變則決意終身不仕。也由於對於政治社會的失望，讓他常常以古諷今，例如在〈雜詩二首〉之二中以召公聽訟棠下譏笑現今不問耕稼的千里長竟妄想彈琴無為，又化用「苛政猛於虎」〔註3〕為「日暮南山阿，直道何可望。一虎固已爾，況複千豺狼」（〈猛虎〉）藉著狼虎眾多來說明社會紛亂，由積極入世的儒家精神，逐漸偏向消極遁世的道家思想，甚至在詩句中道出認同道家想法。然而王令本身還是排斥佛、道思想的，所以藉由自省的功夫與朋友的互勉時時來提醒自己所追

〔註3〕　李勤學主編《禮記正義·檀弓》：「小子識之，苛政猛於虎也。」（台
　　　　北：台灣古籍出版有限公司，2001年），頁363。

求的價值，也讓他繼續在貧困中「約身甘賤貧，卑勢無憂虞」（〈同孫祖仁王平甫游蔣山作〉）。正如曾子說的：「士不可以不弘毅，任重而道遠。仁以爲己任，不亦重乎？死而後已，不亦遠乎？」﹝註4﹞。王令的一生縱使短暫，但是踏踏實實、安安穩穩地走在儒家的大道上，無關乎成就、不在於貴賤，留下來的詩歌亦是展現他最真實的情感，讓後人能與之靈魂直接對話，感受儒家的真善美。

三、以詩明志，以道爲依歸

　　綜合以上而言，研究王令的詩歌後可以了解其爲人是推崇儒家的君子，正如王安石所說的：「始愛其文章而得其所以言，中愛其節行而得其所以行」詩文非僅僅是筆墨遊戲，而是將自己對於人生方向、政治理念、社會關懷等獨特觀點寄寓在其中。因此，王令以〈南山之田〉獲得王安石的青睞，而對於仁義絲毫不肯退讓而甘於貧窮的節操更感動王安石，讓他積極地撮合妻妹嫁與王令，之後邵不疑還爲王令上書表揚其節行。其砥志礪行而不輕易改變讓王安石相信王令是「有望其助我者，莫逾此君」。

　　雖然二十八歲就逝世，但是從十六歲自力更生算起，十二年之間就創四百五十多首的詩歌，不只創作能量高，心智也明顯比較成熟，這當然與他自幼早孤有關，更重要的是有明確的人生目標、以儒家爲圭臬的中心思想、以仁義爲準則的個人節操。而透過研究詩歌筆者總結出王令詩歌的特色是「以詩明志，以儒爲業，以貧爲病，以道爲依歸」。

　　所謂「以詩明志，以儒爲業」是王令透過來詩歌表達自己的志向，「余詩告爾東海志，子笑屬我南山杯」（〈初聞思歸鳥憶昨寄崔伯易朱元弼〉）。因爲「君知仕路三無慍，我與人情七不堪」（〈寄宿倅陸經子履〉），無法接受「天下皆曰自孔氏，獵取利祿安榮身。高官志遂不思道，牽以嗜利露己真」（〈春夢〉），所以決意隱居，以教授

﹝註4﹞　〔宋〕朱熹：《四書集注》（臺北，世界書局，1963年），頁104

童蒙爲生計，對人謙稱「賤子儒名業」（〈上杭帥呂舍人〉）。「以貧爲病，以道爲依歸」則是從現實層面來探討，詩人對於生活的壓迫並非採取鴕鳥逃避心態，或是口是心非的掩飾，他選擇面對後再思考自己的抉擇。這其中以「貧」、「病」影響甚鉅，「貧知身貴重，病覺學力怠」（〈寄洪與權〉）、「予亦如常時，病與貧相俱」（〈寄滿子權〉），詩人也是平凡人，也有其情緒與煩惱，但是「食貧欣道在，慍見笑兒頑」（〈上邵寶文〉），對於自己的價值非建築在權富之上，相對的，劣勢也是優勢，「貧憂世累重，賤喜身責輕。義有不可嗟，非吾不能平」（〈晚歲〉），從義由道才是詩人的自我價值肯定，讓他可以從貧病的壓迫中享有精神的自由。

徵引書目

一、專書（古籍依朝代先後排序，民國以來著作依出版年排序）

1. 〔西漢〕司馬遷：《史記》（香港：中華書局香港分局，1975 年）。
2. 〔魏〕王肅撰《孔子家語》（臺北：中國子學名著集成編印基金會，1978 年）。
3. 〔唐〕韓愈：《韓昌黎全集》（台北：新興書局，1970 年）。
4. 〔宋〕王令，沈文倬校點：《王令集》（上海：上海古籍出版社，2011 年）。
5. 〔宋〕李昉：《文苑英華》，《欽定四庫全書》（臺北：臺灣商務，1983 年）。
6. 〔宋〕林駉《古今源流至論・續集卷五》《景印文淵閣四庫全書》（臺北：臺灣商務，1983～1986 年）。
7. 〔宋〕朱熹：《四書集注》（臺北，世界書局，1963 年）。
8. 〔宋〕朱熹注：《楚辭集注》（台北：國立中央圖書館，1990 年）。
9. 〔宋〕梅堯臣：《宛陵集・卷四十六》（台北：台灣商務，1983）。
10. 〔宋〕趙汝愚編：《宋名臣奏議》（臺北：臺灣商務，1971 年）。
11. 〔宋〕歐陽脩：《歷代名臣奏議》（上海：上海古籍，1989 年）。
12. 〔宋〕劉克莊：《宋集珍本叢刊》第八十二冊（北京：線裝書局，2004 年）。
13. 〔宋〕蘇軾：《蘇東坡全集》（台北：河洛圖書出版社，1975 年）。

14. 〔宋〕嚴羽：《滄浪詩話》（臺北：金楓，1986 年）。

15. 〔元〕脫脫等：《新校本宋史》（臺北：鼎文，1978 年）。

16. 〔清〕王國維著：《人間詞話》（北京：中華書局，2010 年）。

17. 〔清〕呂留良等撰：《宋詩鈔》（上海：商務，1936 年）。

18. 〔清〕紀昀等撰：《四庫全書總目》（北京：中華書局：1965 年）。

19. 〔清〕紀昀等總纂：《景印文淵閣四庫全書》（臺北：臺灣商務，1983～1986 年）。

20. 〔清〕紀昀等撰，四庫全書出版工作委員會編：《文津閣四庫全書提要匯編》（北京：商務印書館出版，2006 年）。

21. 〔清〕葉燮，霍松林校注：《原詩》（北京：人民文學出版社，1979 年）。

22. 〔清〕顧嗣立：《寒廳詩話》（北京：北京圖書出版社，1916 年）。

23. 〔清〕聖祖（愛新覺羅・玄燁）彙編：《全唐詩》（台北：復興，1974 年）。

24. 文懷沙主編：《四部文明》（陝西：陝西人民出版社，2007 年）。

25. 孔凡禮校點：《墨莊漫錄》（北京：中華書局：2002 年）。

26. 李勤學主編：《禮記正義・檀弓》（台北：台灣古籍出版有限公司，2001 年）。

27. 吳洪澤，尹波主編：〈宋人年譜叢刊〉（四川：四川大學出版社，2003 年）。

28. 徐師曾著、羅根澤校點：《文體明辨》（北京：人民文學出版社，1998 年）。

29. 梁昆：《宋詩派別論》（台北：東昇，1980 年）。

30. 袁行霈主編：《中國文學下冊》（台北：五南，2011 年二版）。

31. 張高評：《印刷傳播與宋詩特色》（台北：里仁，2008 年）。

32. 陳寅恪：《金明館叢稿初編》（北京，生活・讀書・新知三聯書店，2001 年）。

33. 雷可夫，詹森：《我們賴以生存的譬喻》（臺北：聯經，2006 年 3 月）。

34. 楊伯峻：《春秋左傳注》（高雄，復文圖書，1991 年）。

35. 劉大杰：《中國文學發展史》（上海：復旦大學，2006 年）。

36. 錢鍾書：《宋詩選注》（北京：人民文學出版社：1989 年）。

37. 繆鉞：《詩詞散論》（陝西：陝西師範大學出版社，2008 年）。

38. 蘇珊玉：《人間詞話之審美觀》（臺北：里仁，2009 年）。

二、學位論文（博士論文置前、碩士論文置後，依年排序）

1. 楊良玉：《王令詩研究》（臺北：東吳大學文學院碩士論文，1989 年）。

2. 貝金鑄：《北宋青年文人王令研究》（南京：南京師範大學文學院碩士論文，2007 年）。

3. 裴曉東：《王令生平及其詩文研究》（四川：四川大學文學與新聞學院碩士論文，2007 年）。

4. 劉瀟：《王令思想研究》（河北：河北大學歷史學碩士論文，2009 年）。

5. 牛敏：《王令散文研究》，（華東：華東師範大學中國語言文學系碩士論文，2010 年）。

三、單篇論文（依年、月排序）

1. 吳汝煜：〈北宋青年詩人王令〉，《《群眾》論叢》第 01 期（1979 年 9 月）。

2. 陳怡：〈試評王令的詩歌創作〉，《建師範大學學報哲學社會科學版》第 01 期（2001 年 1 月）。

3. 陳珊珊：〈從換韻看王令〈夢蝗〉詩的情緒變化〉，《延邊大學學報》第 37 卷第 3 期（2004 年 9 月）。

4. 劉培：〈屈騷傳統的復興與王令的辭賦創作〉，《湖北大學學報哲學社會科學版)》第 32 卷第 3 期（2005 年 5 月）。

5. 張新紅：〈王安石與忘年交王令〉，《邊疆經濟與文化》第 10 期（2005 年 10 月）。

6. 吳侃民、劉佳宏：〈略論王令的奇峭詩風〉，《河北建築科技學院學報》第 02 期（2005 年 6 月）。

7. 馬海松：〈王安石與王令的忘年交〉，《蘭臺世界》第 02 期（2007 年 1 月）。

8. 寧智鋒：〈論王令詩歌的藝術特色〉，《商丘師範學院學報》第 24 卷第 1 期（2008 年 1 月）。

9. 趙險峰：〈循韓孟之脈，立奇瑰之風——北宋詩人王令詩歌簡析〉，《保定學院學報》第 21 卷第 1 期（2008 年 1 月）。

10. 鄭玉華，劉海英：〈淺析王令詩〈原蝗〉、〈夢蝗〉〉，《濰坊教育學院報》第 21 卷第 4 期（2008 年，12 月）。

11. 錢毅、姜怡國：〈北宋揚州詩人王令用韻考〉，《邵陽學院學報》第 1 期第 8 卷（2009 年 2 月）。

12. 高峰：〈悲憫情懷想落天外——王令〈暑旱苦熱〉詩賞析〉,《古典文學常識》第 4 期（2009 年 7 月）。